파선

파선

뱃님 오시는 날

요시무라 아키라 장편소설

송영경 옮김

북로드

1

　파도가 밀려오는 바닷가에서 낡은 삿갓이 분주히 움직인다. 암초로 이어진 먼바다의 바위 끝에서 부서진 파도 비말이 솟아오르고 차례로 물보라가 일며 이사쿠가 서 있는 해안까지 바닷물이 단숨에 불어나 바위에 세차게 돌진하고 산산이 부서진다.

　비가 거세게 퍼부어 바다 표면은 하얀 연기가 피어오르는 듯하다. 벌어진 삿갓 틈으로 바닷물과 뒤섞인 빗물이 흘러내렸다. 암초가 즐비한 해안의 작은 모래사장에서도 삿갓을 쓴 사람들이 밀려온 나뭇조각을 모으기 바쁘다.

이사쿠는 파도가 잠잠해지기를 기다렸다가 물에 들어가 바위 사이에 낀 유목(流木)을 잡았다. 난파당한 배에서 나온 목재가 틀림없다. 활 모양 그림이 있고 못이 박혔던 구멍인지 움푹 파인 자국도 있다. 아홉 살 이사쿠의 힘으로는 버거웠으나 발로 바위 끝을 밟고 힘껏 당기니 나무가 바위틈에서 조금씩 빠지기 시작했다.

이사쿠는 물보라를 일으키며 다가오는 파도를 보고 허둥지둥 뭍으로 향했다. 등 뒤에서 파도가 부서지는 소리가 들리더니 바닷물이 삿갓을 요란하게 두드린다. 파도가 가라앉자 이사쿠는 거품이 일렁이는 바닷속으로 뛰어들어 다시 나무를 물 밖으로 끌어내는 작업을 이어갔다.

몇 차례 시도한 끝에 목재를 바닷가 가까이 끌어왔는데 때마침 큰 파도가 치면서 목재가 떠밀려왔다. 이사쿠는 다시 파도에 쓸려가지 않게 하려고 목재를 꼭 붙들었다.

목재의 움푹 팬 홈에 손가락을 쑤셔 넣고 물에서 건져 올려 마을 쪽으로 끌고 갔다.

나뭇더미를 묶어 등에 짊어진 사람들은 비를 맞으며 바닷가를 벗어나 마을 쪽으로 올라간다. 사람들이 짊어진 유목보다 이사쿠가 끌고 가는 목재가 훨씬 크고 재질도 단단해 보였다. 집에 가져가면 땔감용 장작으로 요긴하게 쓸 텐데 죽은 사람을 태우는 데 써버린다니 아까웠다.

마을에 들어서자 죽은 사람 집에서 삿갓을 쓴 여자가 나와 나무 옮기는 일을 도왔다. 이사쿠는 여자와 함께 대문을 열고 목재를 집 안으로 끌고 들어갔다. 토방(土間, 일본 전통 가옥 내부의 현관과 방 사이 공간을 가리킨다-옮긴이)에는 마을 사람들이 가져온 유목들이 제멋대로 쌓여 있었고 이사쿠는 그런 나무 옆에 가져온 목재를 놓았다.

　이사쿠는 삿갓 끈을 풀고 목재에 걸터앉아 집 안을 둘러보았다. 죽은 사람은 쉰 살이 넘은 긴조라는 남자인데 허리 부근에 삼베가 감겨 있을 뿐 알몸이나 다름없었다. 긴조는 병이 악화되면서 식욕을 잃었고 죽기 며칠 전부터 가족들은 긴조에게 물만 주었다. 이처럼 죽음이라는 운명이 정해진 자에게 음식을 나눠 주는 가족은 없다.

　곧 좌관(坐棺, 앉은 상태로 고인을 안치하는 좌식 관-옮긴이)에 들어갈 죽은 사람은, 경직이 시작되기 전의 조치가 취해져, 무릎을 구부린 상태에서 밧줄로 단단히 묶인 채 장례용 기둥에 등을 기대고 앉아 있었다. 뼈는 피부 밖으로 드러나고 복부만 응어리진 것처럼 이상할 정도로 부풀어 올랐다. 백발의 촌마게(丁髷, 일본식 상투-옮긴이) 위에는 악마를 쫓기 위해 껍질을 벗긴 열십자 모양의 삼대가 놓여 있었고 망자는 고개를 살짝 숙이고 있었다.

　이사쿠의 어머니는 바닥에 놓인 관을 닦는다. 화로에 놓인

7

큰 냄비에서는 마을 사람들에게 대접할 죽이 끓고 있는데 냄새가 토방까지 풍긴다.

빗줄기가 강해졌는지 파도 소리가 희미해지고 온 집 안이 비 내리는 소리에 뒤덮였다.

이사쿠는 냄비 속을 국자로 휘젓는 여자의 손을 바라보았다.

다음 날 아침, 비가 그치고 청명한 가을 하늘이 펼쳐졌다.

사람들은 집에서 나와 죽은 사람 집으로 모였다. 집 안에서는 마을 노파들이 고요한 목소리로 불경을 읊는다.

이사쿠는 남자들과 함께 유목을 쪼개 만든 장작더미를 등에 짊어지고 긴조의 집에서 나왔다. 마른 나뭇가지 더미를 등에 멘 사내도 있다.

이사쿠는 남자들 뒤를 따라 비좁은 마을 길을 지나 언덕으로 이어지는 산길에 들어섰다.

마을 뒤편으로 바위투성이의 가파른 민둥산이 얼굴을 드러낸다. 작은 집 열일곱 채가 바다에 떠내려가지 않으려고 좁은 해안선에 매달려 있는 것처럼 보인다. 널빤지로 만든 벽은 바닷바람에 노출된 탓인지 전분을 뿌린 것처럼 새하얗다. 억새로 만든 지붕이 바람에 날아가지 않도록 올려놓은 돌까지도 하얗게 변했다. 집 근처의 경사가 비교적 완만한 땅에는 계단식 경작지가 있다. 아무리 거름을 줘도 모래와 자갈이 많은 땅이라 비옥해지지 않고 보잘것없는 작물만 자란다. 곡류는 조, 피, 수수뿐이다.

이사쿠는 남자들과 산길을 통해 숲속으로 들어갔다. 땅은 빗물을 머금어 축축했고 군데군데 물이 고여 있었다. 그는 여러 번 발을 헛디디면서도 열심히 남자들의 뒤를 따라 걸었다.

마침내 울창한 숲을 지나 작은 묘비와 오래된 돌탑이 늘어선 공터에 도착했다. 한쪽 구석에는 돌담으로 삼면을 둘러싼 화장터가 있었다. 남자들은 근처에 장작과 마른 나뭇가지 더미를 내려놓았다.

이사쿠는 남자들과 근방에 있는 바위에 앉았다. 이마와 목덜미에 맺힌 땀방울이 바닷바람에 씻겨 나가니 상쾌했다. 그는 마을을 내려다보았다.

길게 늘어선 장례 행렬이 긴조의 집 앞에서 출발하여 마을길을 따라 이동한다. 대나무 막대 끝에 달린 기다란 흰 천이 선두에서 나부끼고 통나무로 둘러싼 관이 따라온다. 줄 뒤쪽에는 아이들이 걷는 모습이 보였다.

"오늘 떠난 고인처럼 먹고살려는 가족에게 버려지는 죽음을 맞이하고 싶지는 않아."

한 남자가 혼잣말하듯 말했다.

긴조는 그해 여름, 문어를 잡겠다고 암초를 걸어 다니다가 발을 잘못 디뎌 넘어지면서 허리를 바위에 세게 부딪히는 바람에 몸져누웠다. 가족에게 하반신을 못 쓰는 긴조는 일은 안 하고 먹을거리만 축내는 부담스러운 존재였고, 식량이 넉넉지 못한 마을 입장에서 병자가 죽음을 맞이하는 것은 입 하나를 더는 일이었다.

가족과 마을 사람들은 잠시 슬퍼하지만, 마을에는 망자의 영혼이 다른 몸으로 다시 태어난다는 신앙이 있기에 빠르게 체념한다. 생명은 신이 내린 것이고 사람의 영혼은 죽음과 동시에 바다 저편으로 떠났다가 때가 되면 마을로 돌아와 여인의 배 속에 잉태되어 신생아로 되살아난다. 죽음은 그저 영혼이 다시 돌아오기 위해 깊은 휴식을 누리는 것일 뿐이다. 오래도록 슬퍼하는 것은 죽은 사람들의 안식을 방해하는 행위로 여겨진다. 일제히 바다 쪽을 바라보고 있는 묘비와 돌탑에는 영혼이 마을로 돌아오기를 바라는 마음이 깃들어 있다.

산길에 다다르자 장례 행렬의 움직임이 느려졌다.

이사쿠는 행렬이 이동하는 모습을 보며 아버지를 떠올렸다. 아버지는 봄에 섬 남쪽에 있는 항구의 해상운송 중개업자에게 팔려 갔다. 계약 기간은 3년이었다. 이 항구에는 서쪽으로 도는 니시마와리 항로를 따라 항해하는 선박이 자주 드나든다. 아버지는 기꺼이 하인으로 들어갔고 지금 배에서 궂은 일을 하고 있을 것이다.

이사쿠에게는 남동생과 여동생이 한 명씩 있는데 지난해

말에 여동생이 하나 더 태어나면서 아버지는 고용 하인으로 일하기로 마음을 굳힌 듯하다.

다른 지역에는 갓난아기를 죽이는 풍습이 있다고 들었다. 이사쿠가 사는 마을에는 없는 풍습이다. 임신은 죽은 자의 영혼이 마을로 돌아왔음을 의미하므로 갓난아기를 죽음으로 내모는 짓은 설령 가족이 굶주릴지라도 용납되지 않는다.

이사쿠는 늦은 밤 어두컴컴한 방 안에서 어머니를 감싸 안은 아버지의 몸이 율동적으로 움직이고, 살이 드러난 어머니의 무릎이 구부러졌다가 강하게 뻗는 모습을 여러 번 본 적이 있다. 조상들의 영혼이 마을로 돌아오기를 바라고 재촉하는 행위라는 것을 알았지만 아기가 태어나면 가족들의 삶이 더 궁핍해진다는 사실도 알고 있었다.

마을 남쪽은 바다를 향해 뾰족하게 돌출된 절벽으로 이루어져 있기에 다른 마을로 가는 방법은 북쪽에 있는 산을 넘어가는 것뿐이다. 바위가 많고 험준한 길로, 사람들은 깊은 골짜기를 두 개나 건너고 덩굴식물들이 뒤엉킨 경사가 급한 고갯길을 올라가야 비로소 산을 넘을 수 있다. 이러한 지형 때문에 마을은 고립돼 있다. 사람들은 그 길을 따라 다른 마을로 생선 따위를 가져가서 농작물과 맞바꾸지만 가족들의 배고픔을 달래기에는 턱없이 부족했다.

가족이 굶주리지 않게 하는 간단한 방법은 누군가 고용 하인으로 들어가는 것이었다. 산 너머 마을에는 중개 일을 겸하는 소금 장수가 있는데 그는 계약의 대가로 목돈을 지불한다. 이 돈으로 가족들은 곡식을 사서 집으로 가져온다.

주로 여자아이들이 팔려 가지만 집 안의 가장인 남자도 고용 하인으로 일하러 간다. 이사쿠의 아버지와 함께 마을을 떠난 열네 살 여자아이는 10년 계약으로 은 60돈에 팔려 갔는데, 3년 계약을 맺은 아버지는 같은 액수의 은을 받았다. 이례적으로 좋은 조건이라 할 수 있다. 아버지가 마을에서도 눈에 띄게 건장한 데다 배를 모는 데도 능했기 때문이리라.

"3년이면 돌아올 거야. 그때까지 아이들 굶기지 말고."

중개소 입구에서 아버지는 어머니와 이사쿠를 굳센 의지가 담긴 눈빛으로 바라보았다.

어머니는 받은 은의 일부로 곡식을 샀고, 이사쿠는 어머니와 함께 곡식을 짊어지고 산을 넘어 마을로 돌아왔다. 이사쿠는 은을 많이 받은 아버지가 존경스러웠다. 자신도 아버지처럼 육체가 튼튼하기를 바랐다.

묘지에서 휴식을 취하는 사내들은 딸이나 아들을 고용 하인으로 보낸 자들뿐이었다. 이사쿠 옆에 앉은 몸이 빈약한 남자는 작년 가을에 부인을 팔았는데 5년 계약이었다. 마을에서 집안의 가장이면서 고용 하인으로 가지 않은 남자들은 마른 나뭇가지를 묘지로 운반한 사내들과 관을 메고 온 네 명의 사내들뿐이었다.

사람들의 행렬이 숲으로 들어가는 것을 보고 사내들은 천천히 자리에서 일어섰다.

그들은 화장터 내부에 남아 있는 재를 치우고 돌담 통풍구에 쌓인 흙과 재를 걷어냈다. 나뭇더미를 묶은 밧줄을 풀고 목재를 돌담 안쪽에 우물 정(井) 자 모양으로 쌓았다.

징 소리와 함께 사람들 행렬이 숲 근처까지 왔다. 이사쿠의 어머니는 흰 천이 매달린 장대를 겨드랑이에 끼고 있다가 숲에서 벗어나자마자 높이 쳐들었다. 징 치는 노인 뒤로 불경을 외면서 여자들이 따라왔고, 흔들리는 관도 시야에 들어왔다.

어머니는 장대를 땅에 꽂았고 관은 화장터 옆에 놓였다. 관을 메고 온 사람들은 각자 원하는 곳에 앉아 가슴팍을 풀어헤치고 땀을 닦았다. 준비를 끝낸 남자들이 관에 묶어둔 통나무를 풀고 관을 들어 올려 화장터의 목재 위에 올렸다. 이사쿠는 남자들의 지시에 따라 장작을 목재들 사이에 끼워 넣었다.

불붙은 삼대가 마른 나뭇가지 위에 떨어지자 연기가 솟아오르고 나뭇가지가 타기 시작했다. 앉아 있던 사내들이 일어나 돌담을 에워쌌다. 다시 징이 울리고 불경 외는 소리가 들렸다.

쌓아놓은 목재로 불이 옮겨붙으면서 관이 불길에 휩싸였다. 바닷바람이 불자 불꽃은 천이 펄럭이는 소리를 내며 휘날렸다. 목재가 터지고 불길이 솟아오를 때마다 불티가 튀었다.

이사쿠는 남자들과 함께 묘지 근처 시냇물에 멍석을 적신 후, 불 위로 던졌다. 불길을 억제하면 죽은 사람 몸이 잘 탄다고 한다. 관이 타서 노출된 죽은 사람 몸에서 형형색색의 불꽃이 뿜어져 나오기 시작한다. 눈부신 황색 불꽃이 보이는 듯하다가 녹색 불꽃으로 바뀐다. 더 많은 장작이 불에 탔고, 젖은 멍석이 다시 불 위로 던져졌다.

죽은 사람의 몸이 작아질 즈음 누군가 구운 수수경단을 나눠 줬다. 이사쿠는 불을 바라보며 경단을 입에 넣었다.

검게 그을린 시신을 남자들이 봉으로 거칠게 치자 다양한 색상의 작은 불꽃이 솟아올랐다. 그런 행위가 반복되는 동안 불길은 시들해졌고 시신이 불붙은 숯처럼 주홍빛으로 변했다.

해가 저물기 시작했다.

긴조의 가족은 숲 가장자리에 있는 나무에 멍석을 지붕처럼 걸어 그 아래에서 밤을 지새우고 다음 날 아침에 뼈를 수습하는 의식을 치르기로 했다. 마을 사람들은 합장(合掌)하고 화장터를 떠났다.

이사쿠는 체격이 좋은 어머니의 뒤를 따라 숲길을 내려갔다. 자라면서 어머니에게 셀 수도 없을 만큼 얻어맞았다. 어머니는 놀랄 만큼 힘이 세서 얻어맞으면 한동안 귀가 들리지 않았던 적도 있다. 맞는 이유는 다양한데 꾀를 부려서 혼날 때가 가장 많다. 어머니는 우악스러운 목소리로 '물고기를 봐라, 하찮은 물고기조차 늘 몸을 움직인다'라고 입버릇처럼 말했다. 무서운 분이지만 그토록 무자비하게 자신을 때릴 때면 의지해도 될 것 같다는 느낌이 들어 안도하기도 했다.

숲을 빠져나오자 산길이 나왔다. 석양이 지면서 주위에 노을빛이 감돌고 바다는 반짝반짝 빛난다. 바다 쪽으로 쑥 튀어나온 작은 곶 위로 까마귀 몇 마리가 날아다닌다.

어머니는 마을의 늙은 여자와 대화를 나누면서 산길을 내려간다.

이사쿠는 난생처음 장례를 치를 때 화장터로 장작을 옮기는 남자들 틈에 낄 수 있었기에 크게 만족했다. 이는 어른 대우를 받았다는 것을 의미하며 머지않아 사내들과 함께 관을 짊어지는 일도 하게 될 것이다. 그런데 그는 또래보다 몸집이 작고 말랐다. 2년 6개월 후면 계약 기간이 끝나 아버지가 돌아올 테고, 아버지와 교대하여 자신도 마을의 10대 남자들, 여자들처럼 나이를 두세 살 속여 고용 하인으로 일하러 갈 것이다. 그때 체구가 작으면 중개인이 주선을 거부하거나 설령 수락한다 하더라도 몸값을 얼마 못 받을 게 뻔하다.

이사쿠는 습관적으로 키가 커 보이게 하려고 까치발을 하고 산길을 내려갔다.

앞서가던 여자들이 걸음을 멈추자 뒤따르던 사람들도 멈

춰 섰다. 그들의 시선은 일제히 왼쪽을 향했다.

이사쿠의 시선도 왼쪽을 향했다.

바위투성이인 낮은 산 두 개 사이로 저 멀리 초록으로 뒤덮인 산봉우리가 연이어 높이 솟아 있다.

"산이 붉게 물들었어."

옆에 서 있던 여자가 속삭이듯 말했다.

산봉우리들은 석양빛을 받아 반짝이고 한층 더 우뚝 솟은 산꼭대기 부근은 물감을 한 방울 떨어뜨린 양 불그스름하다. 이틀 연속 내린 비 탓에 안개가 자욱하여 산꼭대기는 볼 수 없었지만 그사이 산봉우리의 나무들 잎에도 단풍이 들기 시작했으리라.

이사쿠는 높은 산봉우리를 응시했다.

단풍은 해마다 산꼭대기부터 물들기 시작해 서서히 다른 봉우리로 능선을 따라 이동하다가 어느새 눈사태가 일어나듯 빠른 속도로 산맥을 붉은색으로 물들이며 아래로 퍼져 나간다. 이어 깊게 파인 골짜기를 가로질러 낮은 산을 뒤덮고 마침내 마을 뒤쪽에 있는 산까지 물들인다. 그때쯤이면 저 멀리 보이는 산봉우리에 어느새 마른 갈잎 색이 번져 있다.

마을에 짙은 가을 정취가 감돈다. 억새가 이삭을 길게 뻗을 때가 되면 사람들은 해안에 다가온 작은 문어를 잡는다. 이 문어는 생으로 먹든 삶아서 먹든 맛이 좋다. 집집마다 아이들이 문어를 펼쳐서 장대와 장대를 연결한 줄에 매달아 말린다.

문어에 이어 단풍이 찾아오는데 마을 사람들은 붉게 물든 산을 보며 기대감에 부푼다.

단풍이 지고 잎이 떨어질 무렵부터 바다는 곧잘 거칠어진다. 이틀 정도는 바람이 멎고 물결이 잔잔했다가 다음 며칠 동안은 파도가 몰아치고 물보라가 집 근처까지 밀어닥친다. 사나워진 바다는 때로 마을에 생각지 못한 은혜를 베푼다. 이는 척박한 밭이나 갯바위에서 얻는 것과는 비교할 수 없을 정도로 풍족하여 수년간 마을에서 고용 하인으로 일하러 가는 사람이 없을 정도다. 은혜는 매우 드물게 찾아오지만 사람들은 끊임없이 희망을 품고 산다. 단풍은 바다의 축복이 마을에 임할 가능성이 높은 시기가 다가오고 있음을 알려준다.

마을 사람들이 걸음을 옮기자 행렬이 다시 움직이기 시작했다. 그들의 시선은 산꼭대기를 향했다.

이사쿠는 산길을 내려가면서 바다를 바라보았다. 뾰족하게 튀어나온 곶 아래에 썰물 시간이라 숨어 있던 바위가 고개를 내밀고 살짝 지형이 파인 마을 해안에서도 바위 윗부분이 물 밖으로 돌출했는데 부근에서는 거품이 일고 있다.

해안 일대에는 복잡하게 얽힌 암초가 줄지어 있어 문어와 조개류가 살고 어류들이 휴식을 취한다. 해조류가 넘실거리고 김은 바위 표면에 두껍게 들러붙는다. 남자들은 작은 배를 띄워 물고기를 잡고 여자와 아이들은 돌을 뒤집으며 해초와 조개를 채취한다. 암초가 늘어선 바다는 마을을 지탱하는 귀중한 어장일 뿐만 아니라 풍족한 음식, 돈, 의류, 기호품, 집기 따위를 제공하는 장소이기도 하다.

물론 바다가 내리는 축복은 일정하지 않다. 2~3년 연속으로 찾아온 적도 있고 10년 이상 찾아오지 않은 적도 있다고 한다. 최근 방문은 6년 전으로 이사쿠가 세 살 되던 해의 초겨울이었다.

어렸을 때라 다른 기억은 가물가물하지만 그때의 기억만은 선명하고 강렬하다. 집 안이 묘하게 밝았고 부모님과 마을 사람들은 뺨을 붉히며 치열을 다 드러낸 채 웃고 있었다. 기이한 분위기에 겁에 질린 이사쿠는 계속 울었던 것을 기억한다.

마을이 끓어오를 듯 활기가 넘쳤던 이유는 2년 전에야 알았다.

그해에도 단풍이 마을을 물들일 무렵 마을 사람 전체가 참여하는 의식이 거행되었는데 이사쿠는 동갑내기 사헤이에게 무엇을 기원하는 의식인지 물었다.

"너는 그것도 모르냐?"

사헤이는 깔보는 듯한 눈으로 이사쿠를 쳐다보았다.

이사쿠는 사헤이의 말에 수치심을 느껴 집에 돌아가서 어머니에게 물었다.

"뱃님을 위한 의식이지."

어머니가 대답했다.

이사쿠는 고개를 갸웃거렸다.

"저기 있는 그릇도 뱃님이 주신 거잖아."

어머니는 성가시다는 듯이 말하며 선반 위를 쳐다보았다.

이사쿠는 그릇이 다시 보였다. 나무를 도려내어 만든 조잡한 그릇과는 달리 두께가 매우 얇고 균일하다. 무언가를 칠했는지 붉은색 그릇 표면에는 기품 있는 윤기가 흐르고 가장자리를 따라 가느다란 금색 선 두 줄이 그어져 있다. 이 그릇은 평소에는 사용하지 않고 선반에 장식품처럼 두었다가 설날과 오본(御盆, 일본의 명절로 이날 조상의 영을 기린다. —옮긴이) 때 음식을 담아 조상님 차례상에 올릴 때만 썼다.

어머니는 더는 입을 열지 않았다.

이사쿠는 나무 그릇이 마을 의식과 무슨 관련이 있는지 짐작도 가지 않았으나 사헤이를 통해 뱃님에 대해 들었고 나무 그릇이 어떤 의미를 지니는지도 알게 되었다.

사헤이에 따르면 뱃님은 마을 앞 암초가 많은 바다에서 좌초한 배를 말한다. 뱃님에는 보통 음식, 집기, 기호품, 천 등이 잔뜩 실려 있고, 이 물건들은 마을 사람들의 생활을 충분히 윤택하게 해준다. 또한 암초와 파도에 부딪혀 바닷가로 밀려온 파선의 목재는 집을 수리하거나 가구를 만드는 데 사용한다. 겨울을 앞두고 열리는 마을 의식은 항해하는 배가 암초에 좌초되어 부서지기를 기원하는 것이라고 한다.

"그럼 까마귀 해변에 있는 동굴도 모르겠구나?"

사헤이는 어른스럽게 말하더니 눈곱이 덕지덕지 낀 눈으로 남쪽을 바라보았다. 거기에는 바다 쪽으로 돌출된 작은 곶이 있고 주변을 하얀 물보라가 에워싸고 있다. 곶 꼭대기에 있는 작은 나무 몇 그루에는 종종 까마귀가 날아들었다.

"동굴에 대해서는 들어본 적 있어. 해변으로 떠내려온 시체를 버리는 동굴이잖아."

이사쿠는 지지 않고 말했다.

"떠내려온 시체만 버리는 게 아니라 뱃님에 타고 있던 자들의 시체도 버리는 곳이라고."

사헤이의 한쪽 입꼬리가 가볍게 올라갔다.

이사쿠는 사헤이가 하는 말의 의미를 파악하기 어려웠으나, 마을에서 의식을 올리는 이유와 집을 장식한 옻칠 그릇에 어떤 의미가 담겨 있는지 이해할 수 있었다.

이사쿠는 다시 세 살 때의 기억을 떠올렸다. 아버지와 어머니가 마을 사람들과 신나게 웃고 떠들던 이유는 그해 뱃님이 마을을 방문했기 때문이라는 사실을 이제야 깨달았다. 게다가 그후로 1~2년 동안, 지금은 입에 대보지도 못할 좋은 음식을 먹고 진귀한 물건을 보았던 것도 기억났다.

마을에 축하할 일이 있거나 사람이 죽으면 밤에 어머니는 쌀독에서 쌀을 퍼서 죽을 끓였다. 열이 나면 어머니는 단지를 소중히 안고 와서 안에 담긴 하얀 것을 손가락 끝에 찍어 핥게 해주었다. 그것은 정신이 아득해질 정도로 달콤한 백설탕이라는 가루인데 온갖 병에 효과가 있다고 한다.

오본 날 밤에 보았던 촛불도 잊을 수 없다. 두 치 정도 되는 가느다란 회색 막대인데 심지에 불이 붙을 때 짧은 소리를 낸다. 놀라울 정도로 밝은 빛을 내뿜어 눈이 멀 것만 같았다. 작은 막대기에서 어떻게 이렇게 강한 빛이 나올 수 있는지 신기하기 짝이 없었다. 횃불이나, 생선 기름을 머금은 심지와는 달리 검은 연기가 나지 않고 오히려 향긋한 냄새가 났다. 빛은 아름답고 이따금 살짝 터지는 듯한 소리를 내며 미세한 빛 알갱이를 공중에 흩뿌렸다.

그것도 뱃님이 마을에 베푼 은혜였을 텐데 언젠가부터 볼 수 없게 되었다.

마을은 뱃님 덕에 윤택해졌지만 그것은 이미 옛날 일이었다. 다만, 마을 여기저기에 흔적이 남아 있을 뿐이다. 옆집에는 낡은 돗자리가 마룻바닥에 깔려 있고 촌장님 집에는 金라 쓰여 있는 궤짝이 있다. 火라는 글자가 새겨진 커다란 물통이 놓여 있는 집도 있다. 이는 이사쿠 집에 있는 옻칠 그릇처럼 뱃님에게 받은 것이 분명했다.

2

단풍이 물드는 계절이 오고 있음을 알아차린 이사쿠는 작년 가을과는 다른 시선으로 저 멀리 꼭대기에 붉게 퍼진 석양빛을 바라보았다.

죽은 사람을 화장하는 사내들 중 하나가 된 그는 자신이 어른 대접을 받는다는 사실에 기쁨을 느끼면서도 동시에 노인, 여자, 아이가 대부분인 마을에서 자신이 차지하는 위치를 자각했다. 작년까지는 어린아이 취급을 받으며 마을 의식을 지켜보기만 했는데 올해부터는 어른들처럼 적극적으로 동참해야겠다고 마음먹었다.

마을 사람들은 자기 집으로 돌아갔고 이사쿠도 어머니를 따라 거적문을 지나 집 안으로 들어갔다.

작년 말에 태어난 여동생 데루가 바닥에 엎드려 울고 있었다. 얼마나 오래 울었는지 목이 다 쉰 채로 어머니에게 기어왔다.

어머니는 눈길도 주지 않고 토방에 있는 항아리에서 깨진 그릇으로 물을 떠서 목을 축인 뒤, 뒷간에 들어갔다. 잠시 후 기모노 밑단을 고쳐 입으며 돌아와 마루에 앉아 데루를 대수롭지 않게 안아서 무릎에 앉혔다. 옷깃을 젖히고 까무잡잡하고 풍만한 유방을 그대로 드러냈다.

데루는 배고파 안달이 난 듯 머리를 좌우로 움직이더니 젖을 덥석 물었다. 젖을 빠는 소리를 내다가 코가 막혀 괴로운지 이따금 젖에서 얼굴을 떼고 갓난아기 같지 않게 거칠게 호흡하고 나서 다시 젖을 문다.

마을에는 사람이 죽은 날과 시체를 화장한 날에는 죽은 자의 안식을 방해하지 않기 위해 노동을 삼가는 풍습이 있다. 이사쿠는 고기를 잡으러 나가지 않아도 되어서 기뻤으나 아무리 상중이라 해도 쉬는 것을 좋아하지 않는 어머니가 두려워 마루 끝에 앉아 어머니의 옆모습만 힐긋거렸다.

동생들은 뒷산에 가서 놀고 있는지 집 안이 조용하다. 화로 속 타버린 장작에서 희미하게 보라색 연기가 솟아났다.

"산이 붉게 물들었네요."

이사쿠는 눈치를 보며 어머니에게 말했다.

어머니는 말이 없다. 어두컴컴한 집 안의 널빤지 벽에 뚫린 옹이 구멍으로 새어 들어온 석양빛 한 줄기가 데루의 꼼지락거리는 발바닥을 환하게 비춘다.

"장작을 옮겨놓거라."

어머니가 데루에게 젖을 물리면서 말했다.

이사쿠는 곧바로 자리에서 일어나 뒷문 밖으로 나갔다. 바위투성이 비탈길에는 억새 이삭이 여기저기 넘실대고 있다. 해는 산과 산 사이로 가라앉았고 마을은 이미 반쯤 어둠에 잠겼다.

이사쿠는 널빤지 벽 옆에 쌓아둔 더미에서 장작을 집어 들었다.

다음 날 아침 이사쿠는 바다로 나갔다.

겨울에 접어들면 바다가 사나워져서 어획이 힘들어지므로 그전에 되도록 많은 해산물을 집에 비축해야 한다. 다행히도 평소보다 많은 문어가 바닷가 갯바위로 몰려오고 있었다.

암초 부근에서는 남자들과 열 살 남짓한 소년들이 작은 배를 타고 바위 사이에서 문어잡이를 하고 있다. 이사쿠는 아버지가 주고 간 배를 타고 노를 저어 갔다.

이사쿠는 배를 멈추고 갈고리가 붙어 있는 긴 장대를 손에 들었다. 끝에 빨간 천이 묶인 장대를 바위 그늘과 해조류가 무성한 곳으로 뻗었다. 장대 끝을 살짝 움직이자 몸을 숨기고 있던 문어가 흔들리는 천을 먹이로 착각했는지 모습을 드러내고 다가온다. 이사쿠는 익숙한 손놀림으로 문어를 갈고리에 걸어서 잡았다.

문어가 많아서 천을 매단 장대를 집어넣으면 한꺼번에 서너 마리나 나온다. 이사쿠는 분주하게 갈고리를 움직였다.

아버지한테 고기잡이를 처음 배운 것은 2년 전인데 노 다루는 법도 함께 배웠다. 아버지는 어머니와 달리 때리지는 않았지만, 기분이 언짢아서 아무 말도 하지 않을 때는 정말 무서웠다. 문어 잡는 법을 배울 때 이사쿠가 계속해서 갈고리 달린 장대를 물에 빠뜨렸는데 아버지는 아무 말도 하지 않고 장대를 찾으려고 바다에 뛰어드는 이사쿠를 매서운 눈으로 바라볼 뿐이었다.

이사쿠는 고기잡이에 능숙하지 못하면 남자로서 살아가기 힘들다는 사실을 알았기에 늘 최선을 다해 기술을 습득했고 아버지가 고용 하인으로 집을 떠난 후에는 솜씨가 서툴러도 다른 어른들 틈에서 고기를 잡으러 바다에 나갔다.

바닷가에서 노인과 아이들은 해초를 줍고 여자들은 바닷물에 들어가 바위에 달라붙은 조개를 찾아다닌다.

이사쿠는 문어를 잡아 올리는 도중에 이따금씩 저 멀리 보이는 산봉우리를 바라보았다. 붉은빛은 날이 갈수록 산꼭대기에서 아래쪽으로 흘러내리며 산맥을 물들이고 주변 산에도 단풍 빛깔을 퍼뜨린다.

기온이 떨어지고 바닷물이 차가워졌다. 문어가 해안으로 끊임없이 다가오는지 붉은 천을 물속에서 흔들면 한꺼번에 열 마리 가까이 나오기도 했다. 이사쿠는 갈고리를 움직여 문어가 쏜 먹물이 사라지기를 기다렸다가 다시 천이 달린 장대를 물속에 집어넣었다.

뒷산에 단풍의 기운이 완연해지자 갑자기 문어가 갯바위를 떠나기 시작했다. 사실 해마다 그랬다. 바닷속에 천이 달린 장대를 넣고 흔들어도 아주 가끔 모습을 보일 뿐, 얼마 지나지 않아 아예 자취를 감추었다.

문어잡이 철은 지났지만 예년에 비해 상당히 많은 양이 잡혔다. 집마다 짚으로 만든 줄에 문어를 나란히 매달아 가을 햇볕에 말린다. 문어는 설에 빼놓을 수 없는 음식이기에 다른 산간 마을에 팔아서 곡식을 손에 넣을 수 있다.

마을이 단풍으로 뒤덮일 즈음에 사람들이 모두 모여 뱃님을 위한 의식을 거행했다.

스물여덟 살의 임신한 여자가 남편이 모는 배를 타고 작은 모래사장에서 점점 멀어진다. 짚을 엮어 만든 짧은 새끼줄을 손바닥에 올린 채 흔들리는 배 위에서 먼바다를 바라보고 있다.

배는 능숙하게 암초를 피해 바다로 나아가다가 잠시 후 움직임을 멈췄다.

여자는 새끼줄을 바다로 던졌다. 해변에 모여 있던 마을 사람들은 합장했다. 애를 밴 여자를 배에 태우는 것은 풍어를 기원하는 일이고, 새끼줄을 물에 던지는 것은 지나가는 배가 마을 앞에 있는 암초에 부딪혀 망가지기를 바라는 마음을 표현하는 행위다.

이사쿠는 젖먹이를 등에 업은 어머니와 두 동생과 함께 배가 위아래로 요동치며 해변으로 돌아오는 모습을 바라보았다. 밀물 때라 물이 차고 바위는 대부분 수면 아래에 있었으나 그럼에도 여기저기에서 바닷물이 바위에 부딪혀 거품을 일으키고 있었다.

배가 해변에 도착했고 여자가 모래사장으로 올라왔다. 해변에 모인 사람들 사이로 길이 생기고 여자가 그 사이를 지나가자 사람들은 뒤를 따랐다. 늘 쾌활하고 카랑카랑하게 웃는 여자는 마치 다른 사람이라도 된 것처럼 굳은 표정으로 마을로 이어지는 비탈길을 올라갔다.

여자는 마을에 다다르자 신중한 발걸음으로 천천히 촌장의 집으로 들어갔다.

이사쿠는 사내들 뒤를 따라 토방 안으로 들어가 그들 틈으로 집 안을 엿보았다. 연로한 촌장은 무릎을 꿇고 정좌했고 앞에는 상이 놓여 있었으며 상에는 음식이 담긴 그릇이 있었다. 여자는 촌장에게 절을 했다. 이사쿠는 작년까지만 해도 토방에 발을 들일 수 없었으므로 이런 의식은 오늘 처음 보았다.

여자가 일어서서 기모노 아랫부분을 걷어 올리고 상 가까이 다가가더니 음식이 담긴 그릇을 힘껏 발로 찼다. 그릇이 날아가고 음식이 바닥으로 떨어졌다. 여자는 다시 촌장 앞에 앉아서 절을 했다. 그릇을 뒤집는 것은 배가 뒤집히게 해달라고 비는 행위다. 이것으로 의식은 끝났다.

마을 사람들은 각자 집으로 흩어졌다. 의식을 치른 날에는 노동이 금지되어 있으므로 이사쿠는 어머니의 뒤를 따라 좁은 길을 걸어 집으로 갔다.

이사쿠 바로 앞에는 마을에서 통나무배를 가장 잘 만드는 센키치와 그의 가족이 걸어가고 있다. 센키치는 어릴 때 허벅지 뼈가 부러지는 바람에 한쪽 다리가 제대로 자라지 않아 상당히 짧다. 그의 맏딸은 고용 하인으로 팔려 갔고 열다섯 살인 둘째 딸도 가까운 시일 내에 팔려 갈 거라는 소문이 돈다.

이사쿠는 센키치 뒤를 따르는 셋째 딸 다미의 뒷모습을 바라보았다. 센키치의 아내를 닮아 살빛은 까무잡잡하지만 눈이 맑고 콧대가 오뚝하다. 움직임은 동물처럼 유연하다. 이사쿠는 다미를 보면 이상할 정도로 몸이 후끈거렸다.

마을에서는 청년들이 열다섯 살이 되면 아내로 삼고 싶은 처녀에게 적극적으로 다가가는 것을 허용한다. 밤에 관심 있는 처녀의 집에 몰래 들어가고 처녀가 육체관계를 거부하지 않으면 가족들은 눈감아주는 관습이 있다. 이사쿠는 다미를 품에 안기를 갈망했다. 딱 하나, 다미가 자신보다 한 살 많은 점은 신경이 쓰였다. 이사쿠가 성인이 되기 전에 다미가 다른 사내에게 몸을 맡겨버릴 가능성도 있어서다. 이사쿠로서는 견디기 힘든 일이다.

그뿐만 아니라 다미가 언니들처럼 고용 하인으로 팔려 갈 우려도 있다. 여자는 보통 팔려 간 데서 식모살이를 하는 경우가 많은데 계약 기간이 끝나도 마을에 돌아오는 사람은 많지 않다. 가난하게 살기 싫어서 돌아오지 않는 경우도 있고, 일하는 사이에 결혼할 남자가 생겨서 계약이 끝나면 현지에서 가정을 꾸리는 사례도 있다고 한다. 설령 마을에 돌아온다고 해도 10년 계약을 마친 사람들은 혼기를 놓쳐, 아내와 사별한 남자 외에는 혼인할 남자가 없다. 연상의 여자를 아내로 둔 남자가 없지는 않지만 이사쿠는 다미와 한 지붕 아래서 지낼 수 있을지 염려가 된다.

갈림길에 다다르자 다미는 부모님과 해안을 따라 걸어간다. 이사쿠는 짤따란 기모노 아래로 드러난 다미의 다리를 바라보았다.

북서풍이 불어왔다.

이사쿠는 산에서 나무를 베어 집으로 가져와 장작을 팼고 바다가 고요한 날에는 배를 타고 나가 낚싯줄을 던졌다.

저 멀리 산봉우리에 퍼져 있던 붉은빛이 사라지고 마을 뒤쪽 비탈길을 물들였던 단풍도 빛이 바랬다. 기온은 나날이 떨어졌다.

나뭇잎이 시들어 계속 땅에 떨어졌다. 바람이 거세게 부는 날이면 바위산에서 낙엽이 떼를 지어 춤춘다. 낙엽은 마을 길과 지붕에 내려앉았고 먼바다까지 날아가 떨어지는 것도 많았다.

바다는 거칠고 암초에 부서진 파도의 물보라는 해안 근처에 있는 집까지 튀었다. 파도 소리는 온 마을을 뒤덮었다.

해가 기울자 모래가 깔린 좁은 해변에서 소금 굽기가 시작되었다.

여자들은 촌장 집 창고에서 가져온 서른 개쯤 되는 상자를 해변에 늘어놓은 후, 모래를 채우고 통에 담아온 바닷물을 부었다. 해수를 흡수한 모래가 햇볕에 마르면 바닷물을 더 부어 모래에 붙은 염분을 녹이고, 염분이 많아진 물은 통에 담아 암초 근처에 미리 놓아둔 큰 가마솥으로 옮겼다.

소금 굽기에 사용되는 장작은 집집마다 똑같은 수량을 내놓는데 남자들은 교대로 불을 지키며 새벽까지 소금을 만든

다. 소금은 마을 사람들의 필수품이었고 소금 굽기는 뱃님이
빨리 오도록 재촉하는 행위였다.

3

이사쿠는 마른 나뭇가지 더미를 등에 메고 산을 내려갔다.

하늘은 붉게 물들고 바다는 거칠다. 흰 물결이 일더니 갯바위와 곶에 거세게 부딪히며 산산조각난다. 겨울이 되면 바다는 나흘 거칠고 이틀 잠잠하다고 하는데 사흘 전부터 풍파가 일면서 고기잡이를 할 수 없게 되었다. 산길 곳곳에 바위가 드러나 있고 이사쿠는 나뭇더미 무게에 짓눌려 앞으로 고꾸라질 것 같았다.

이사쿠네 집 지붕이 가까이 보인다. 어머니는 뒷문 옆에 서서 이쪽을 올려다보고 있다. 어머니가 손짓했다. 무언가 급한 일이 생긴 듯하다.

이사쿠는 막대기로 땅을 디디며 집 뒤쪽으로 내려갔다.

"촌장님 심부름꾼이 왔었다. 할 말이 있으신 것 같으니 얼른 가보거라."

어머니가 다급하게 말했다.

가끔 촌장을 본 적은 있지만 이야기를 해본 적은 없다. 무슨 이유로 부르는지 짐작도 되지 않았다.

"서둘러."

어머니는 평소와 다르게 이사쿠에게 다가와 등에 짊어지고 있던 물건을 내려주었다. 그러더니 등짝을 후려쳤다.

이사쿠는 빠르게 걸어갔다. 하늘에 퍼져 있던 붉은빛이 옅어지고 바다가 거무스름해지기 시작한다. 파도칠 때 튀어 오른 물방울에 갯바위가 젖어 있었다.

길을 따라 걷다가 돌계단을 올라갔다. 촌장의 집에서 일하는 나이 든 남자가 멍석에 펼쳐둔 잡곡을 거두고 있다.

토방에 들어가 무릎을 꿇고 고개를 조아렸다. 촌장은 화로 옆에 앉아 있었다.

이사쿠가 떨리는 목소리로 이름을 말했다. 무슨 일인지 몰라도 혼날 것 같은 예감에 무릎이 덜덜 떨렸다.

"오늘 밤부터 소금을 굽는다. 첫날이니까 기치조한테 일을 배우고 그다음부터는 혼자서 하거라. 절대 불을 꺼뜨려서는 안 되느니라.”

촌장의 목소리는 갓난아기처럼 가늘고 높았다.

이사쿠는 이마가 바닥에 닿을 만큼 깊이 고개를 숙였다.

“나가 봐.”

촌장의 말에 이사쿠는 무릎을 꿇은 상태로 입구 쪽으로 물러섰다가 일어서서 토방 밖으로 나갔다.

몸이 뜨거워지고 긴장이 풀리며 입가에 미소가 새어 나왔다. 소금을 구우라는 지시를 받았다, 이제 성인으로 인정받았다는 의미다. 화장을 도우라고 할 때부터 예감하기는 했으나 실제로 확인되자 주체할 수 없는 기쁨이 온몸을 휘감았다.

해안선으로 이어진 길을 따라 집을 향해 달려갔다. 날이 저물어 이미 하늘에는 어스레한 빛이 퍼지고 있었다.

이사쿠는 횃불을 손에 들고 집을 나섰다. 어머니는 이사쿠가 소금을 구우라는 지시를 받았다는 말에 평소와 달리 기분이 좋아 보였고 야식으로 콩을 볶아 주었다.

횃불이 바람에 나부낀다. 이사쿠는 길에서 바닷가 쪽으로 내려갔다. 앞에 있는 모래사장 쪽에서 불빛이 보였고 사람 그림자가 움직이고 있었다.

걸음을 재촉하여 그림자 가까이 갔다. 남자의 한쪽 눈이 이쪽을 바라보았다. 다른 한쪽은 파르께하고 탁한 것이 빛을 잃

35

은 눈이다. 기치조는 이사쿠의 아버지와 가까운 사이라서 이사쿠가 소금 굽는 법을 배우기에 안성맞춤인 상대였다.

모래밭에는 솥을 받치는 데 쓰는 커다란 돌이 나란히 두 군데에 놓여 있었고 거기에는 대형 가마솥이 올려져 있었다. 그중 한 가마솥 아래에는 마른 나뭇가지가 놓여 있고 불이 지펴져 있었다.

"그쪽에도 불을 피워."

기치조는 5간(약 9.1m —옮긴이) 정도 떨어진 곳에 놓인 큰 가마솥을 바라보았다.

이사쿠는 힘차게 대답하고 나서 거적을 들추고 나뭇더미를 꺼내어 등에 지고 가마솥 옆으로 옮겼다. 그런 다음 솥을 받치고 있는 돌 사이에 나무를 넣고 그사이에 불붙인 나뭇가지를 끼웠다. 마른 가지들이 소리 내며 불에 타기 시작했다. 이사쿠는 더 많은 장작을 불 위에 놓았다.

두 개의 솥 아래서 불꽃이 피어올랐다. 먼바다에서 불어오는 바람에 불길이 휘날리며 불똥이 모래사장으로 흩어진다. 널빤지로 만든 임시 오두막에서 이사쿠는 기치조와 나란히 통나무에 앉아 불을 바라보았다.

기치조는 몇 년 전, 눈병에 걸려서 고기를 잡을 수 없게 되는 바람에 아내를 3년 계약으로 팔아야 했다. 아내는 섬 남쪽 끝에 있는 항구에서 계약 기간 동안 일하고 마을에 돌아왔다.

그런데 마을로 돌아온 시점이 계약이 끝난 지 반년 가까이 지난 후였기 때문에 기치조는 아내가 그동안 다른 남자와 육체 관계를 맺었다고 의심했다.

마을 사람들은 기치조의 아내가 임신해서 낳은 아이를 처리하느라 계약 기간을 연장한 게 아니냐고 쑥덕거렸는데 사실 여부는 알 수 없었다.

기치조는 아내를 때리고 발로 걷어찼으며 심지어 머리카락까지 잘라버렸다. 아내는 이사쿠네 집으로 울면서 도망을 왔는데 그때마다 이사쿠의 부모가 개입하여 싸움을 말렸다. 기치조는 촌장에게 엄한 꾸지람을 듣고는 아내를 난폭하게 대하지 않게 되었는데 그후 표정이 어두워지고 말수도 적어졌다.

기치조는 밤에 이사쿠네 집에 자주 들렀다. 밤으로 만든 술을 가져오기도 했고 아버지가 하는 고기잡이 이야기를 말없이 고개를 끄덕이며 듣기도 했다.

"바닷가에서 왜 소금을 굽는지는 알고 있지?"

기치조가 이사쿠를 바라보았다.

마을에서는 1년 치 소금을 생산하여 인원수로 나누고 집마다 고르게 분배해왔다. 그러나 이사쿠는 기치조가 해변에서 그런 질문을 한 데에는 또 다른 이유가 있는데 그걸 아느냐고 묻고 있다는 것을 깨달았다.

"뱃님을 모시기 위함이지요?"

이사쿠는 기치조의 얼굴을 쳐다봤다.

기치조는 아무 말도 하지 않고 가마솥으로 시선을 돌렸다. 그의 표정을 본 이사쿠는 자신의 대답이 그를 만족시키지 못했다는 것을 느꼈다.

소금 굽는 일을 맡게 된 이상 이 일을 속속들이 알아야 한다. 마을 관습은 아직 모르는 게 많지만 성인으로 인정받았으니 계속 모르고 살아갈 수는 없다. 오늘 밤이 지나면 혼자서 일해야 하므로 왜 소금을 굽는지 빠짐없이 물어볼 필요가 있다.

"소금 굽기는 뱃님이 해변 가까이 다가오시라고 기원하는 것이 아닌가요?"

이사쿠는 다시 캐물었다.

"기원만 하는 게 아니야. 바다를 항해하는 배를 해변으로 유인하기 위해서지."

기치조는 답답하다는 표정을 지었다.

"배를 유인한다고요?"

"그래. 북서풍이 불기 시작하면 바다가 거칠어져. 고생하는 배들도 많아지고 말이야. 밤에 물이 들어와서 배가 가라앉는 사태를 막기 위해 짐을 배 밖으로 던져야 할 정도로 상황은 심각해지겠지. 그때 소금 굽는 불을 본 뱃사람들은 그쪽이 마을이 있는 해변이라고 생각하고 배를 해안으로 돌려."

기치조의 눈이 이사쿠의 표정을 살피기라도 하는 것처럼 반짝였다.

이사쿠는 기치조의 얼굴을 바라보고 바다로 시선을 옮겼다.

별이 흩뿌려진 밤하늘과 검은 바다의 경계가 희미하다. 수면 아래에는 복잡하게 뒤엉킨 암초가 넓게 퍼져 있다. 마을 고기잡이꾼들은 암초와 암초 사이를 누빌 수 있는 작은 배를 타고 다니는데 큰 배가 마을 앞바다를 지나가면 배 밑바닥이 암초에 걸려 금세 부서져버릴 것이다.

이사쿠는 이제야 뭔가를 알 것 같았다. 소금 굽기가 난파된 배를 부르는 의식이라고만 생각했는데 배의 난파를 유도하는 방법이기도 하다는 사실을 깨달았다.

소금 생산이 목적이라면 낮에 굽는 편이 훨씬 편리할 텐데 야간에만 굽는 이유를 이제야 이해할 수 있었다. 또한 물결이 잔잔한 밤에 소금 굽기를 하지 않는 이유는 배가 악천후로 난파될 일이 없어서였다.

"불길이 약해졌다."

기치조가 일어서며 말했다.

이사쿠가 일어서서 기치조의 뒤를 따라 거적을 치우고 장작더미를 들었다. 그리고 오른쪽 가마솥으로 가서 솥 아래로 장작을 던졌다.

바다가 거친 어두운 밤에 난파당할 위험에 처한 선원들은 죽음의 공포에 사로잡힌 나머지 온갖 수단과 방법을 다 쓴다. 짐을 배 밖으로 버리고 상투를 잘라서 신불(神佛)의 가호를 기원하고 배가 위태로워지면 안정을 유지하기 위해 돛대를 잘라 쓰러뜨린다. 그들의 눈에 해변에서 피어오르는 가마솥 불은 가정집 등불처럼 보일 것이다. 그들은 신불에게 드린 기도가 통했다고 기뻐하며 불꽃이 보이는 방향으로 배를 몰고 올 것이다.

장작이 불에 휩싸이며 불길이 거세졌다.

이사쿠가 오두막으로 돌아오니 기치조는 통나무에 걸터앉아 모래에 마른 나뭇가지를 쌓고 있었다. 나뭇가지에 불을 붙이고 장작을 얹었다. 이사쿠는 불에 손을 쬐었다. 갑자기 한기가 들었다.

"소금 굽는 불이 뱃님을 불러들이는 거로군요."

이사쿠의 반짝이는 눈이 기치조를 향했다.

기치조는 고개를 끄덕이고는 목소리를 낮추고 말했다.

"요즘은 영 모습을 드러내지 않지만 올 때는 연이어서 오기도 해. 내가 아버지하고 고기를 잡으러 나갈 무렵에는 4년 동안이나 매해 뱃님이 왔거든. 열한 살 때였는데 겨울에 온 배만 해도 한 해 동안 세 척이나 됐다니까. 모두 소금 굽는 불에 유인당해서 온 배였지. 그때는 아무도 고용 하인으로 일하러 가지 않았어."

이사쿠는 기치조가 평소와 달리 말수가 많은 이유를 알 것 같았다. 자신이 친한 사람의 아들이라 마음이 편해서 그럴 테다. 또 한편 아내를 고용 하인으로 보낸 일이 떠올라서 그럴지도 모른다고 생각했다. 비록 한쪽 눈을 잃었어도 뱃님이 왔다면 아내를 팔지 않아도 되었을 테고 부부 사이도 냉랭해지지 않았을 것이다.

이사쿠는 바다를 바라보았다. 통나무배를 만드는 솜씨가 좋은 센키치네 셋째 딸 다미가 떠올랐다. 센키치네 맏딸은 이미 고용 하인으로 팔려 갔고 둘째 딸도 머지않아 팔려 갈 거라는 소문이 돌고 있다. 앞으로 몇 년간 바다의 은혜를 받지 못하면 다미도 맏딸과 같은 처지가 될 것이 불 보듯 뻔하다.

이사쿠는 마음이 싱숭생숭해져서 몸을 가만두지 못했다. 뱃님이 왔더라면 아버지도 고용 하인으로 일하러 가지 않았을 것이다. 뱃님에 따라 마을 사람들 삶이 크게 좌우된다.

"소금을 굽는 사람의 역할은 불이 꺼지지 않게 유지하고 뱃님이 오는지 확인하는 거야."

모닥불에 비친 기치조의 눈이 주홍색으로 빛났다.

"이번 겨울에는 와줄까요?"

이사쿠는 바다를 바라보았다.

"모르지. 먼바다를 항해하는 배는 북풍이 불 때가 되면 무서워서 출항하지 않아. 그래도 어쩔 수 없이 운반해야 할 화물이 있으면 바다가 잠잠한 날을 골라서 돛을 올리지. 그런 배들은 대체로 쌀을 싣고 있어.

기치조는 중얼거리듯 말했다.

모닥불에 몸이 따뜻해지자 갑자기 졸음이 몰려왔다. 몸이 마비되고 눈꺼풀이 자꾸만 아래로 처진다. 잠들어버리면 이 역할을 박탈당할 테고 어머니는 크게 분노하여 자신을 때릴 것이다. 마을 사람들의 멸시를 받는 것도 두렵다.

이사쿠는 일어서서 오두막을 뛰쳐나와 가마솥 옆으로 갔다. 차가운 바람이 불어온다. 까치발을 하고 가마솥 안을 들여다봤다. 소금이 들어 있는 물이 팔팔 끓어 넘치고 김이 펄펄 난다. 불의 세기를 확인했다.

장작을 몇 개 더 집어서 솥 아래로 던져 넣었다. 졸음은 어느새 사라졌다.

날이 밝았다.

불은 꺼져 있었다. 가마솥 안에 있던 물은 전부 증발하고 하얀 물질이 솥 가운데부터 가장자리까지 덮여 있다. 이사쿠는 기치조의 지시에 따라 손잡이 모양 때문에 마치 반으로 갈라진 것처럼 보이는 커다란 뚜껑을 가마솥에 올려두었다. 소금은 가마솥이 식으면 해변으로 오는 여자들이 알아서 처리한다.

얼굴과 손발, 심지어 옷까지 짠 공기가 배어 있는지 습기를 머금고 있다. 밤을 새운 탓에 몸에서 열이 났다.

"돌아가자."

기치조는 말한 후에 걷기 시작했다.

이사쿠도 기치조를 따라 해변에서 길 쪽으로 올라갔다.

집에 들어서자 화로에 걸려 있던 냄비에서 뜨거운 김이 피어오르고 동생들은 화롯가에 앉아 있었다. 이사쿠는 멜대(양 끝에 물건을 걸어서 어깨에 메는 데 쓰는 긴 나무-옮긴이) 양 끝에 물통을 걸고 근처 우물에 가서 물을 길었다. 바다가 환해지기 시작했고 하늘 한편에서는 여전히 별이 희미하게 보였다. 집에 돌아와 화롯가에 앉아서 그릇에 담긴 죽을 떠먹었다. 어머니에게 무사히 소금 굽기를 마쳤다고 이야기하고 싶었지만 아무것도 묻지 않으니 말을 꺼내기가 망설여졌다.

어머니가 동생들에게 죽을 떠 주고 나니 냄비는 텅 비었다. 어머니는 언제나처럼 냄비에 물을 붓고 끓였다.

이사쿠는 뜨거워진 물을 그릇에 담아 마셨다. 그릇 바닥에는 물에 분 곡식이 두 알 정도 가라앉아 있었다.

이사쿠는 잠을 좀 자고 싶다고 주뼛대면서 말했다. 어머니는 아무 말도 하지 않았다. 그는 화롯가에서 일어나 거적으로 만든 잠자리 속으로 들어갔다. 금세 잠이 쏟아졌다.

일각(각(刻)은 현대의 '분(分)'과 유사한 개념으로 일각은 15분-옮긴이)쯤 지나자 누군가 덮개를 치우고 자신의 뺨을 치는 느낌이 들었다. 이사쿠는 얼굴을 감싸고 때리는 손을 밀치며 몸을 일으켰다.

"언제까지 자고 있을 셈이냐. 일어나서 일하러 가야지. 바다가 잔잔하다."

어머니 얼굴이 눈앞에 있었다.

이사쿠는 벌떡 일어나 토방으로 내려갔다. 어머니는 바구니를 등에 지고 집을 나섰다. 이사쿠는 어구를 메고 어머니의 뒤를 따라갔다. 잠이 덜 깨서 몸이 나른하고 하품이 나왔다.

해변에서는 여자들이 가마솥에 있는 소금을 퍼서 통에 담아 나르고 있었다. 소금은 촌장 집으로 운반한 다음 각 집에 나누어 준다.

여자, 노인, 아이들이 몸을 웅크리고 갯바위에 앉아 있다. 파도가 거칠게 일었다가 잔잔해진 날에는 조개와 해조류가 많다. 때때로 난파된 배의 목재, 먼바다에서 떠내려온 나무 열매, 일상용품의 파편 따위가 떠내려오기도 했다. 어머니는 잰걸음으로 갯바위를 향해 갔다.

바다에는 작은 배가 떠 있다. 전날 밤과 달리 바람도 없고 은은한 햇빛이 비추어 바다는 평온해 보였다.

이사쿠는 해안에 둔 작은 배를 얕은 물에 띄웠다. 배를 더 멀리 밀어내기 위해 차가운 바닷물에 발을 내디뎠다. 노를 잡을 때마다 아버지가 떠오른다. 노 잡는 부분이 매끈한데 아버지 손바닥에 의해 둥글둥글해지고 닳았다고 생각하니 아버지가 가까이에 있는 기분이었다.

이사쿠는 노를 천천히 저었다.

해변에 가마솥이 나란히 놓여 있다. 한쪽 가마솥에서는 소금 퍼내기 작업이 끝났는지 여자들이 다른 솥 근처에 모여 있었다.

여자들은 갑자기 움직임을 멈추고 먼바다를 바라보았다. 이사쿠는 여자들의 시선을 따라 고개를 돌렸다. 노 젓는 손을 멈췄다.

곶 근처에 쌀 300~400섬은 실려 있을 법한 큰 배가 나타났다. 돛이 풀어져서 늘어져 있기는 해도 약간 부풀어 있다. 돛 위쪽에는 무슨 표식으로 보이는 검은색 줄 두 개가 그려져 있었고 갑판에는 화물과 사람들이 보였다. 배는 천천히 남동쪽으로 나아갔다.

이사쿠는 배를 관찰했다. 잠시 후 배는 까마귀가 날아다니는 작은 곶 뒤로 자취를 감췄다.

벼 수확이 끝나고 얼마 지나지 않아 쌀가마니를 실은 배들의 왕래가 잦아졌다. 먼바다를 항해하는 배도 있고 해안을 따라 나아가는 배도 있다.

번(藩, 에도시대 각 지역의 영주가 다스리던 땅-옮긴이)에 소속된 배는 돛 중앙에 가문을 나타내는 문양이 크게 그려져 있는데 그날 마을 앞을 지나간 배는 돛에 검은색 줄무늬만 두 개 그려져 있었으므로 상인이 소유한 배라는 사실을 알 수 있었다. 배는 비바람이 부는 궂은 날씨가 잠잠해지기를 기다렸다가 항구를 떠났을 터이다.

파도가 거친 날에는 해가 지기 무섭게 해변에 불을 피웠다.

이사쿠는 동갑내기 사헤이도 촌장에게 소금을 구우라는 지시를 받았다는 사실을 알게 되었다. 사헤이의 집에서는 된장국에 메밀 반죽을 넣어 만든 단고지루와 밤으로 빚은 술을 마시며 사헤이가 성인이 된 것을 축하했다고 한다. 이사쿠는 그런 사헤이가 부러웠으나 아버지가 고용 하인으로 일하러 간 상황이라 자신은 그런 대접을 기대하기 힘들다. 오히려 아버지가 없는 집에서 어머니와 함께 어린 동생들이 굶주리지 않도록 돌봐야 하는 처지임을 자각하고 마음을 단단히 먹었다.

소금 굽기 당번은 열흘에 한 번꼴로 돌아왔다. 이사쿠는 자기 차례가 되면 저녁에 혼자 바닷가에 가서 새벽까지 장작을 태우며 불을 지켰다. 졸음이 몰려오면 오두막 주위를 뛰어다니고 차가운 바닷물에 발을 담그기도 했다. 그러는 동안에도 뱃님이 오지 않을까 싶어 밤바다에서 눈을 떼지 않았다.

낮에는 간혹 배가 바다를 지나갔다. 주로 바다가 잔잔한 날이었는데 물살이 사나운 날에도 지나갈 때가 있었다. 배는 파

도에 휩쓸려 심하게 위아래로 요동치고 반쯤 올린 돛을 부풀
리며 제법 빠른 속도로 멀어졌다. 이사쿠와 마을 사람들은 지
나가는 배를 주시했다.

이사쿠는 그런 배를 볼 때마다 폭풍우가 휘몰아치는 밤에
도 지나가는 배가 있을 거라 생각했다.

이사쿠는 사헤이에게 섬뜩한 이야기를 들었다.

세 번째로 소금 굽기를 마친 날 아침, 임시 오두막에서 지
펴둔 모닥불에 모래를 뿌리고 있는데 사헤이가 찾아왔다.

"소금 굽기는 잘하고 있나?"

사헤이는 오두막에 놓여 있는 통나무에 앉았다.

이사쿠는 사헤이가 연장자인 양하는 행동이 못마땅하면서
도 자기보다 몸집도 크고 말투도 어른스러운 그에게 기가 죽
었다. 사헤이의 눈에서는 세상 물정을 잘 아는 듯한 남자의
기운이 뿜어져 나온다.

"그럭저럭 하고 있어"

이사쿠는 사헤이에게서 시선을 돌렸다.

"졸리지 않냐?"

사헤이는 이사쿠의 표정을 살피며 말했다.

그 말에 이사쿠는 사헤이도 졸음에 시달린다는 것을 알고
기분이 누그러졌다.

"졸려"

이사쿠는 사헤이와 나란히 통나무에 걸터앉아 눈을 비볐다.

"긴장을 안 하니까 졸린 거야. 중요한 역할이라고 생각하면 오던 잠도 확 달아난다고."

사헤이의 얼굴에 조롱하는 듯한 미소가 퍼졌다.

이사쿠는 입을 꾹 다물었다. 사헤이는 조금이라도 틈을 보이면 가차 없이 파고든다. 이사쿠가 촌장에게 소금 구우라는 지시를 먼저 받은 일이 달갑지 않았을 것이다. 그래서 이사쿠에게 시비를 거는 것처럼 보였다.

솔직히 이사쿠는 긴장하고 있으면 졸리지 않을 거라는 사헤이의 말이 틀리지 않다고 생각했다. 어쩌면 사헤이는 졸지도 않고 소금을 구우며 밤바다를 지켜보는지도 모른다. 이사쿠는 생각만으로도 위축되어 가냘프게 눈만 깜빡거렸다.

"뱃님하고 관리에 대한 이야기 들은 적 있지?"

사헤이가 이사쿠의 옆모습을 보면서 말했다.

이사쿠는 사헤이 쪽으로 얼굴을 돌렸다. 뱃님과 관리가 무슨 관계가 있다는 말인가, 짐작도 가지 않았다. 이사쿠의 부모님은 마을 이야기를 거의 하지 않는데 사헤이네 집에서는 할아버지와 부모님이 이런저런 이야기를 나누어 자연스럽게 사헤이도 지식이 풍부해진 것 같다.

이사쿠가 사헤이만 보면 기가 죽는 이유는 사헤이가 많은 것을 알고 있기 때문이기도 했다.

"관리?"

이사쿠는 의아하다는 듯이 중얼거렸다.

"몰랐구나. 소금 굽는 일을 하면서 그것도 모르다니……."

사헤이는 한심하다는 눈빛으로 쳐다봤다.

이사쿠는 사헤이의 태도에 화가 났지만 불안하기도 했다. 관리를 한 번도 본 적은 없어도 두려운 존재라는 말은 들은 적이 있다. 관리는 사람을 잡아서 묶고 목을 베거나 기둥에 묶어서 불로 지지고 창으로 옆구리를 쉼 없이 찌른다고 한다. 이 관리가 뱃님과 관련이 있으니 이걸 모르면 소금을 구울 자격이 없다는 식으로 말하는 사헤이의 반응에 가슴이 답답해졌다.

"말해줘. 관리가 어쨌다는 거야?"

이사쿠는 사헤이를 바라보았다.

사헤이는 입을 다문 채 바닷가에서 여자들이 소금을 나르는 모습을 바라보고 있었다.

"할아버지한테 들었는데……."

사헤이가 말문을 열었다.

사헤이의 할아버지가 태어나기 전 뱃님이 방문한 어느 해 겨울에 있었던 일이다. 바다가 거칠어서 난파한 배가 해안에서 타오르는, 소금 굽는 불에 이끌려 가까이 왔다가 암초에 부딪혀 배 밑바닥이 부서졌다. 제법 큰 배였고 실려 있던 화물은 선원들이 배를 살리려고 바다에 던지고 남은 것인데도 양이 상당했다고 한다.

"마을 사람들이 미친 듯이 기뻐했다가 돛의 표식을 보고 질겁했다지."

사헤이는 굳은 표정으로 말했다.

돛이 내려가 있긴 했지만 한가운데에 번 소유의 배임을 의미하는 큰 표식이 그려져 있었다. 배에 실려 있는 화물은 번의 물품이어서 약탈했다가는 당연히 가혹한 벌을 받는다. 마을 사람들은 두려움에 떨면서 작은 배를 띄워 좌초된 배에 매달려 있는 선장과 선원들을 간신히 구했다. 그뿐만 아니라 사나운 바다가 잠잠해지기를 기다렸다가 실려 있던 화물을 해안으로 옮기고 돛과 부서진 배의 목재도 해안으로 끌어 올렸다. 곶 아래에서는 배에서 떠내려온 번 소속 무사의 시신 두 구와 선원, 요리사의 시신 한 구씩을 발견하고 수습했다.

이 사실을 알리려고 산봉우리 너머 이웃 마을에 사람을 보냈더니 이레 후에 시종 둘을 거느린 젊은 관리가 마을을 찾아왔다. 촌장과 마을 사람들은 촌장의 집 마당에서 엎드려 절하며 관리를 맞이했다.

마을 사람들은 소금을 굽는 불로 항해하는 배의 난파를 유도한다는 사실을 들킬까 봐 두려워했다. 촌장은 관리의 질문에 그저 "아, 네?" 하는 소리만 낼 뿐 바짝 엎드려 이마를 땅에 대고 몸을 벌벌 떨었다.

다행히도 관리는 숨겨진 사정을 알아차리지 못했다. 바닷가에서 하는 제염은 지극히 자연스러운 일이며 선원들이 소금 굽는 불을 인가의 등불로 착각해 배를 암초 해안으로 돌리는 것도 있을 수 있는 일이라고 해석했다. 오히려 관리는 구출된 선원들의 증언을 듣고서 좌초된 번 소속 배에 취한 마을 사람들의 조치가 바람직하다고 판단했다. 마을 사람들은 실려 있던 짐과 선재를 햇볕에 말리거나 촌장의 집 안과 마당에 쌓아두었다. 그리고 수습한 시신 네 구도 촌장 집 마당 한구석에 임시로 안치하고 조기(弔旗)도 세워두었다.

관리는 마을 사람들을 나무랄 일은 없다고 판단하여 살아남은 선원들을 데리고 마을을 떠났다.

얼마 후, 소를 끄는 인부들을 데리고 관리가 다시 마을에 나타나 촌장의 집과 마당에 보관하던 뱃짐을 소의 등에 묶어 날랐다. 돛은 가져갔고 부서진 선재는 마을에 하사했다.

챙긴 것은 얼마 되지 않았지만 마을 사람들은 형벌을 면한 데 안도했다. 그러나 정신적 동요는 쉽게 가라앉지 않았고 그해 소금 굽기는 중단했다.

마을 사람들은 봄기운이 느껴질 무렵 겨우 안정을 되찾았는데 또다시 생각지도 못한 재앙이 닥치면서 웃음을 잃었다.

어느 날 남자 세 명이 소 여러 마리를 끌고 산길에 나타났다. 험한 분위기를 풍기는 사내들이었는데 그중 한 명은 색이 바랜 칼집에 든 검을 차고 촌장의 집을 찾아왔다.

검을 찬 사내는 자신이 관리라고 말하더니 마을 사람들 가운데 일전에 좌초된 배의 짐을 숨긴 사람이 있다고 화를 내며 소리쳤다. 촌장은 겁에 질려 떨리는 목소리로 애원했다. 그러나 사내들은 들은 체도 하지 않고 하룻밤을 보낸 후 촌장을 비롯한 모든 마을 사람이 집에 모아두었던 식량을 비롯한 물건들을 소 등에 실은 다음, 칼로 위협하면서 소 떼를 데리고 산길을 통해 돌아갔다.

그들이 떠난 후에야 관리 행세를 하는 사내들에게 속았다는 사실을 깨달은 마을 사람들은 다시 돌아오면 죽이겠다며 도끼와 작살을 준비했지만 그자들은 다시 모습을 드러내지 않았다.

"번을 다스리는 영주(領主)의 배는 크기도 큰 데다 먼바다를 다니기 때문에 해안에서 멀리 떨어져서 항해해. 배도 튼튼히 잘 만들어서 파선할 가능성도 적고. 뱃님이 될 배는 해안 근처를 돌며 물건을 파는 상인의 배야. 하지만 그때처럼 영주의 배가 뱃님으로 오는 경우도 있어. 할아버지도 그러셨고 아버지도 말씀하셨는데 소금 구울 때 뱃님이 오면 일단 돛에 그려진 배의 표식을 확인하라고 하셨어. 너는 이런 이야기를 못 들었나 보구나?"

사헤이는 이사쿠의 얼굴을 살폈다.

이사쿠는 고개를 저었다. 기치조가 소금 굽는 법만 알려주고 돛 이야기는 해주지 않아 원망스러웠다. 만일 아버지가 집에 계셨다면 분명 사헤이의 할아버지나 아버지처럼 돛에 새겨진 표식을 잘 살펴보라고 주의를 줬을 텐데 말이다.

"소금을 구울 때 유의해야 할 점이 또 있어?"

이사쿠는 사헤이가 돛 표식에 관한 이야기를 해주어 솔직히 고마웠다.

사헤이는 해변에 시선을 고정하고 고개를 한쪽으로 기울였다가 막 생각났다는 듯이 말했다.

"만약 뱃님을 보면 바로 촌장님 댁으로 달려가서 알리라고 아버지가 말씀하셨어. 집에 가거나 하지 말라고⋯⋯."

이사쿠는 그것도 명심해야겠다고 생각했다. 뱃님을 보면 놀라서 자기도 모르게 어머니께 알리려고 집으로 달려갈 것 같았기 때문이다.

해변에서는 여자들이 끊임없이 가마솥에서 구운 소금을 퍼서 통에 담아 옮긴다. 구름이 하늘을 달리고 갯바위에 물보라가 일었다.

"어쩌면 우리 아버지도 고용 하인으로 일하러 갈지 몰라."

사헤이가 해변을 바라보며 낮은 목소리로 말했다.

이사쿠는 사헤이의 옆모습을 바라보았다. 사헤이에게는

이미 시집간 누나와 열네 살 누나, 두 살 어린 남동생이 있다. 사헤이가 소금을 구우라는 지시를 받은 날 밤에 축하 잔치를 했다고 하지만 이사쿠네 집안 형편과 마찬가지로 식량이 부족할지도 모른다. 열네 살 누나가 다음 고용 하인으로 나갈 차례인데 계약이 끝나고 마을에 돌아오면 혼기를 훌쩍 넘기는 나이가 되어 시집갈 곳이 없다. 그래서 사헤이의 아버지는 자신이 고용 하인으로 가야겠다고 생각했을 것이다.

"할아버지는 자신이 좀 더 젊었다면 대신 일하러 갔을 텐데, 하고 우셨어."

사헤이의 굳은 얼굴에 부자연스러운 미소가 떠올랐다.

뱃님이 와주면 사헤이의 아버지도 고용 하인으로 갈 필요가 없다. 사헤이는 아버지가 마을을 떠나지 않도록 뱃님이 오시기를 간절히 바라며 소금을 구울 것이다.

졸음이 몰려와 이사쿠는 자리에서 일어났다.

"한숨 자야겠어."

이사쿠는 통나무에 앉아 있는 사헤이에게 말하고 꺼진 횃불을 주워 집으로 향했다.

다음 날 아침, 첫눈이 내렸다.

오전에는 조금 내리는 정도라 거센 바람에 흩날려서 잘 보이지 않았는데 오후가 되자 밀도가 높아졌다. 집 입구에 걸려 있는 거적이 펄럭이면서 눈이 집 안으로 날아들었다.

이사쿠는 토방에서 장작을 팼고 어머니는 누더기나 다름 없는 아이들의 옷을 꿰맸다. 산에서 자라는 어린 피나무 속껍질로 만든 실로 옷감을 짜는데 올여름에는 피나무 껍질을 채취하지 않았다.

아버지는 매년 초여름이 되면 어머니를 위해 어린 피나무를 채취하러 산에 갔다. 하지만 아버지가 없는 데다 올해는 이사쿠에게도 그럴 여유가 없었다. 이사쿠는 내년 초여름에는 산에서 어린 피나무 속껍질을 채취해야겠다고 생각했다.

동생들은 화롯가에 앉아 불을 바라보고 있다. 아버지가 고용 하인으로 가면서 받은 돈으로 사들인 곡식이 있지만 겨울에는 식량을 구하지 못하니 가능한 한 절약하며 봄을 맞이해야 한다. 일하러 가던 아버지는 엄한 표정을 지으며 동생들을 굶기지 말라고 했더랬다. 그 말이 이사쿠의 가슴을 무겁게 짓누르고 있었다.

눈은 다음 날까지 계속 내리다가 그다음 날 아침에 그쳤다.

마을은 온통 새하얀 눈으로 뒤덮였다.

이사쿠는 마을 남자들과 작은 배를 타고 바다로 나갔고 어머니는 떠내려온 목재와 해조류를 주우러 해변에 나갔다.

낚싯줄을 늘어뜨려도 잡히는 것은 작은 물고기뿐이고 수도 적다. 물고기 떼는 조류를 타고 멀리 사라지고 낙지와 오징어도 거센 파도에 밀려 쉴 곳을 찾지 못해 암초로 이동해버린 듯하다.

바다가 잔잔한 날에 지나가는 배가 있는가 하면 때로는 바다가 사나운 날에도 돛을 반쯤 올리고 지나가는 배도 있었다. 이 중에는 돛 중앙에 큰 표식이 그려진 배도 있었다.

한 해가 저물고 새로운 한 해가 시작되었다.

새해 첫날부터 닷새 동안 마을에서는 '이미고모리(忌み籠り)' 의식이 행해졌다. 악귀를 쫓아내려고 사람들은 아침저녁으로 집 앞에 불을 피우고 밖으로 나오지 않았다. 웃음소리는 재앙을 부른다 하여 금지되었고 말하는 것조차 꺼려했다.

엿새째가 되면서 금기가 해제되었으나 마을에는 침체된 기운이 감돌았다. 쌀을 배로 실어나르는 시기가 거의 지날 무렵이라 바다가 잔잔한 날에 몇 척의 배만 왕래할 뿐, 폭풍우가 치는 날씨를 무릅쓰고 항해하는 배는 거의 없다. 그해 겨울, 뱃님의 방문을 더는 기대하기 힘들었으므로 봄이 오기만을 기다렸다.

하지만 바다에 폭풍우가 치는 날 저녁에는 계속해서 소금 가마솥에 불을 피웠다. 구운 소금의 양은 마을 사람들이 한 해 동안 사용하는 양보다 많았는데, 소금은 비축했다가 봄에 산 너머 이웃 마을에 팔아서 곡물을 사거나 고기잡이용 어구로 바꿀 수 있다.

눈 내리는 밤에 소금을 굽는 일은 고통스러웠다. 이사쿠는 옆에서 휘몰아치는 눈을 맞으며 장작을 날라 가마솥 아래 불 속에 던지기를 반복했다. 장작불에 비친 눈은 빨갛게 빛나며 흩날리고 있었다.

2월에 접어들자 폭설이 쏟아졌다. 눈에 파묻힌 집 안은 어두컴컴해졌다. 이사쿠는 어머니와 함께 지붕에 쌓인 눈을 걷어내고 창문 밖에 있는 눈을 치워서 햇빛이 들어올 수 있게 했다.

재작년 말에 태어난 데루는 그달 중순 고열에 시달렸다.

어머니는 화로에 냄비를 올리고 물을 끓여서 집 안에 따뜻한 수증기가 감돌게 했다. 약초를 달였지만 혼자서 마시지 못하는 어린 데루를 위해 어머니가 입으로 데루의 목구멍 깊숙이 약을 흘려 넣었다.

다음 날 새벽, 데루의 몸은 차갑게 식었다. 어머니는 눈물을 글썽이며 데루의 조그만 얼굴을 조용히 쓰다듬었다.

근처에 사는 남자와 여자 몇 사람이 데루를 멍석에 말아서 안은 어머니의 뒤를 따라 산길을 올라가 묘지로 갔다. 화장용 목재에 불이 붙었을 때 어머니는 옆에 주저앉아 등을 꿀렁거리며 새어나오는 울음을 참았다. 이사쿠는 바다를 바라보며 눈물을 흘렸다. 아버지는 동생들의 생명을 이사쿠와 어머니에게 맡겼는데 그때 한 약속을 지키지 못해서 슬펐다. 분명 어머니도 아버지를 떠올렸을 것이다.

수평선이 희뿌옇다. 이사쿠는 겨울도 끝자락에 다다라 있음을 느꼈다.

4

산에 토끼 덫을 놓으러 갔던 남자가 계곡에 매화꽃 여러 송이가 피어 있다는 소식을 마을에 전했다.

마을에는 바닷바람이 불어서 꽃나무가 자라지 않으므로 꽃을 보려면 산속에 들어가야 한다. 남자의 보고를 받은 촌장은 다음 날 남자에게 마을 유지 한 명을 계곡으로 안내하게 해 사실인지 아닌지 확인한 다음 그날 밤부터 소금 굽기를 중단시켰다. 매화꽃은 겨울이 끝났음을, 아울러 뱃님이 방문할 가능성도 없음을 알려준다. 해변에 놓인 가마솥은 통나무에 매달아 남자들이 촌장의 집으로 옮긴 후에 물로 씻고 생선 기름을 칠하여 창고에 보관했다.

마을에는 우울한 공기가 퍼졌다. 사람들은 길에서 만나도 말없이 가볍게 고개만 숙이고 지나갔다.

기온이 오르자 마을을 뒤덮고 있던 눈이 녹기 시작했다. 산 쪽에서 때때로 눈더미가 무너져 내리는 소리가 들렸고 깊은 골짜기에서는 눈보라가 휘날렸다. 바다가 거친 날은 점점 드물어졌고 어떤 날에는 잠잠한 해수면에 안개가 끼었다. 산에 복숭아꽃이 피었다는 이야기도 들려왔다.

촌장의 지시로 마을의 남자와 여자는 이웃 마을에 소금을 팔러 가게 되었고 이사쿠네 집에서는 어머니가 합류했다. 마을 사람들은 소금 가마니를 짊어지고 지팡이에 의지하며 산마루를 향해 산길을 터벅터벅 줄지어 올라갔다. 길에는 아직 눈이 여기저기 남아 있었다.

엿새 후, 그들은 곡물 한 가마니를 등에 짊어지고 돌아왔다.

3월 초, 한 해의 풍어를 기원하는 의식이 거행되어 이사쿠는 마을 사람들과 함께 바닷가에 갔다. 작은 배 한 척에 얇은 대나무 봉 두 개가 세워져 있었고 봉 사이에는 무명 오라기를 매단 새끼줄이 걸려 있었다.

의복을 갖추어 입은 촌장이 해변에 도착하자 선주인 남자가 작은 배를 바다에 띄우고 노를 저었으며 배 속에 아이가 있는 그의 아내가 배에 탔다. 배가 해변에서 멀어졌다. 남자가 노를 저을 때마다 대나무 봉이 흔들리고 무명 오라기가 살랑살랑 바람에 나부낀다. 20간(약 36미터-옮긴이) 정도 떨어진 곳에서 배가 멈췄다.

배에 앉아 있던 여자가 일어서더니 기모노 아랫단을 잡고 씩씩하게 펄럭거리며 바다를 향해 걷어 올리기 시작했다. 바다의 신령님께 불룩 솟은 복부와 음부를 보여 어류들의 번식을 재촉해달라고 빈다. 이사쿠와 마을 사람들은 합장했다. 옷자락을 걷을 때마다 여자의 풍만한 허벅지와 엉덩이가 드러났다. 여자는 계속해서 같은 동작을 취했고 잠시 후 한 손으로 노를 잡고 있던 남자가 다른 쪽 손으로 들고 있던 항아리에 담긴 술을 바다에 붓자 여자는 겨우 옷자락을 내리고 배밑바닥에 앉았다. 배가 돌아와 뭍에 다다르자 여자는 모래사장으로 올라와 앞장서 걸어가는 촌장 뒤를 따른다. 여자는 촌장 집에서 형식적으로 술과 음식을 대접받는다.

이사쿠는 그날 이후 다른 남자들과 함께 바다가 사나운 날을 제외하고 배를 바다에 띄우게 되었다. 지난해와 마찬가지로 커다란 정어리가 오기 시작했다. 날이 갈수록 정어리 수가 많아져서 낚싯줄을 드리우면 바로 걸렸다. 철 따라 떼를 지어 이동하는 정어리는 살집도 있고 기름기도 많고 힘도 좋다. 날로 먹기도 하고 갈아서 동그랗게 빚어 죽에 넣어 먹기도 한다. 어머니는 생선을 반으로 갈라서 말리고 떼어낸 내장은 통

61

에 모아 저장했다. 비료 삼아 밭에 뿌릴 요량이다.

정어리 어획량이 줄기 시작할 때쯤 고용 하인으로 일하러 가는 다섯 사람이 가랑비를 맞으며 마을을 떠났다. 일행에는 사헤이의 아버지와 곧 열여섯 살이 되는 다미의 언니도 포함 돼 있었다. 이웃 마을 중개인이 값을 매긴 후 지급할 은을 받아 올 가족도 동행했다.

이사쿠는 배 위에서 그들의 모습을 바라보았다. 삿갓을 쓴 행렬이 구불구불한 산길을 올라가다가 도중에 멈춘 채 움직이지 않았다. 일하러 가는 곳에서 죽을 수도 있고 죽지 않더라도 계약이 끝날 때까지 돌아오지 못하므로 고향과의 이별을 아쉬워하는 듯했다.

다시 움직이기 시작한 삿갓 행렬은 희부연 비 속에서 흔들리는가 싶더니 사라졌다.

정어리에 이어 오징어가 찾아왔다.

이사쿠는 사헤이가 서툰 손놀림으로 오징어를 잡는 것을 본 적도 있다. 사헤이의 아버지는 5년 계약을 맺었는데 은 쉰 돈을 받았다고 한다. 3년 계약으로 일하러 간 이사쿠의 아버지가 받은 것보다 적은 돈이다. 사헤이 아버지의 처진 어깨와 마른 체구를 고려하면 적당한 값이라고 마을 사람들은 수군거렸다. 아버지가 떠나고 집안의 생계는 사헤이가 도맡았다.

낚싯줄을 만지작거리는 사헤이의 얼굴은 고뇌에 찼고 이

사쿠를 바라보는 눈빛도 어두웠다.

이사쿠는 해안에서 조개나 해초를 줍는 여자와 아이들 틈에서 다미를 찾아냈다. 다미의 언니는 7년 계약으로 팔렸다던데 계약이 끝나면 홀아비 말고는 결혼하기 힘든 연령이 된다. 다미는 체격이 좋으니 나이를 속이면 중개인이 일할 곳을 주선할 것이다. 만일 다미가 고용 하인으로 팔려 간다면 마을에 돌아올 때까지 이사쿠는 장가를 들지 않고 기다리고 싶었다. 하지만 아내는 집안의 노동력이기도 해서 그때까지 아무도 들이지 않고 혼자 살 수가 없다.

이사쿠는 오징어를 낚느라 여념이 없었다. 잡은 오징어는 음식에 넣지 않고 포로 만든다. 집집마다 줄에 매단 오징어를 처마 밑이나 주변 공터에 펼쳐 두니 바다에서 보면 왠지 마을이 몹시 북적거리는 것 같았다.

4월에 들어선 지 얼마 지나지 않은 어느 날 저녁, 낚시 도구를 챙겨 집에 돌아오니 사촌형 다키치가 벽에 등을 기댄 채 팔로 무릎을 감고 앉아 있었다. 말린 오징어를 포개어 줄로 묶고 있던 어머니가 이사쿠를 보고 바로 일어서더니 멜대 양 끝에 소쿠리를 달고 집을 나섰다. 이사쿠도 멜대를 메고 어머니를 따라 해변으로 갔다.

이사쿠는 어머니와 함께 배 바닥에 있는 오징어를 소쿠리로 옮긴 후 멜대에 걸어서 들었다.

"다키치는 내일 신부를 맞이할 예정이라 오늘 밤은 우리 집에서 머물 거야."

어머니는 해변에서 집으로 걸어가면서 말했다.

이사쿠는 '드디어 구라와 다키치의 혼인이 성사되는구나' 하고 생각했다. 구라는 다키치와 동갑인 열일곱 살인데 마을 여자 중에서 몸집이 가장 우람하고 키도 크다. 짚신도 특별히 큰 것을 신으며 남자들과 함께 힘을 쓰는 일도 한다. 구라에 비하면 다키치는 허약하고 몸집도 작았다. 낚시에는 천부적인 소질을 가졌으나 체력이 부족하다. 갸름한 얼굴에 안짱다리로 걷는 다키치한테서는 사내 냄새가 나지 않는다.

다키치와 구라가 야합(부부가 아닌 남녀가 성적인 관계를 맺는 것-옮긴이)으로 처음 인연을 맺었다는 소문이 자자했다. 산에 땔감을 구하러 들어갔다가 만난 두 사람이 몸을 포개었는데 사실은 구라가 강하게 유혹했다고들 한다. 야합은 바람직하지 않아 마을 사람들의 손가락질을 받을 수 있으니 구라 가족의 요구에 따라 다키치는 밤에 구라의 집을 드나들게 되었다.

다키치의 아버지와 형은 오래전에 고기를 잡으러 나갔다가 조류에 떠내려가 실종되었고 다키치는 어머니와 둘이 산다. 어머니는 굽은 허리의 통증을 호소하며 대부분의 시간을 누워서 보낸다. 다키치의 어머니는 체력 좋은 구라를 며느리 삼고 싶어 하여 아들에게 구라의 집에 가라고 집요하게 권했다는 소문도 있다.

혼인하기 전날 밤에 신랑이 될 남자는 반드시 집을 떠나 있어야 한다. 그리고 당일에 신랑의 가족이나 친척 중에서 어린 여자가 신부를 데려오는 역할을 맡는다. 어린 여자는 중매인과 함께 신부 집에 가서 신부의 송별 잔치에 참석한 다음, 부모와 함께 나온 신부를 신랑 집으로 인도한다. 신랑의 집에 도착하면 곱게 꾸민 신부는 시어머니 될 사람과 가족이 된다는 의미로 술을 나누어 마신 후, 주연이 시작되면 시어머니는 신부에게 나무 그릇에 수북이 담은 밥을 대접한다. 그 사이 신랑은 숨어 있다가 늦은 밤 집에 돌아가 신부와 몸을 합친다.

다키치가 숨어 있을 곳으로 이사쿠의 집을 고른 이유는 이사쿠의 어머니와 편한 친척이기 때문일 것이다.

이사쿠는 어머니와 함께 오징어를 토방으로 가지고 들어갔다. 어머니는 많이 잡아 만족스럽다는 듯 얼굴에 미소가 가득했다.

벽에 기대어 있던 다키치가 일어서서 물었다.

"숙모, 뭐 도와줄 일 없소?"

"신랑은 아무것도 안 해도 돼. 신부 궁둥이 생각이나 해."

어머니의 말에 다키치는 얼굴을 붉히더니 다시 벽에 기대고 앉았다.

이윽고 화로에 걸어둔 냄비에서 김이 올라오기 시작했고

이사쿠네 가족들과 다키치는 화로를 둘러싸고 앉았다. 아버지가 고용 하인으로 일하러 떠난 뒤로 냉랭했던 집안 분위기가 온화해졌고 동생들은 신이 난 표정으로 다키치의 얼굴을 연신 쳐다봤다. 다키치는 무언가가 떠올랐는지 이따금 옅은 미소를 지으며 죽을 먹었다.

식사를 마친 후에 어머니는 토방에서 오징어 내장을 칼로 떼어내는 작업을 시작했다.

이사쿠는 화롯가에서 다키치와 마주 보고 앉았다. 어떻게 구라와 이어져 몸을 섞게 되었는지 알고 싶었으나 어머니한테 크게 혼날 것 같아서 그러지 못했다.

이사쿠는 얼마 후면 시작될 꽁치잡이에 대해서 다키치에게 물었다. 작년 장마철에 이사쿠도 배를 타고 꽁치를 잡으러 나갔는데 사람들은 물고기가 넘쳐난다고들 했으나 이사쿠는 잡지 못했다. 반면 다키치는 이미 어른으로서 제 몫을 하며 노모까지 부양하고 있다. 이사쿠는 그런 다키치가 부러웠다.

"요령만 터득하면 눈 감고도 할 수 있어."

다키치가 부드러운 표정을 지으며 말했다.

"요령을 모르겠어. 동생들을 굶기지 않으려면 꽁치를 조금이라도 더 잡아야 하는데 말이야."

다키치는 안타까운 눈빛으로 이사쿠를 바라보며 말했다.

"그럼 꽁치 철이 왔을 때 내 배 옆에 배를 붙여. 잡는 방법을 알려줄 테니까."

"알았어. 잘 부탁해."

이사쿠는 간절한 눈빛으로 말했다.

집 안에는 오징어 내장 비린내가 진동했다.

다음 날 저녁, 어머니는 다키치 집에서 열리는 혼인식에 친족 자격으로 참석하기 위해 집을 나섰다. 이사쿠는 어머니 대신 오징어 내장을 손질했다.

어머니는 밤이 늦어서야 돌아왔고 술을 마셔서 얼굴이 벌겋게 부어 보였다.

"슬슬 신부 궁둥이 만지러 가야지?"

어머니가 화롯가에 앉아 있는 다키치에게 말했다.

다키치는 고개를 끄덕이더니 하룻밤 머물게 해준 것에 감사를 표하고 집 밖으로 나갔다. 어머니는 멍석에 엉덩이를 붙이고 앉았다.

이사쿠는 화롯가에 앉아 있었는데 문득 불빛에 비친 어머니 얼굴을 바라보다가 어머니 눈에서 반짝이는 무언가가 올라오는 것을 발견하고 깜짝 놀랐다. 생기 없이 멍한 눈에 눈물이 글썽이는데 무언가에 화난 것처럼 보이기도 한다. 이사쿠는 어머니가 고용 하인으로 일하러 나간 아버지와 죽은 데루를 그리워하고 있을 거라고 생각했다.

마을 사람들이 이웃 마을에 말린 생선이나 소금을 팔러 갈 때는 반드시 중개인을 만나고 와야 한다. 이것이 고용 하인으로 떠난 사람의 소식을 알 수 있는 유일한 방법이었다. 죽었다는 소식이나 병에 걸렸다는 소식을 들을 때도 있다. 아픈 사람은 예외 없이 사망하는데, 가족들은 당연히 건강을 회복하기를 빈다. 헛된 희망이라는 것을 알지만 말이다. 이사쿠 아버지와 관련된 소식이 없는 것을 보니 아픈 데 없이 잘 지내고 있는 것이 확실했다.

이사쿠는 화롯가를 빠져나와 거적 속으로 몸을 웅크리고 들어가 실눈을 뜨고 어머니의 옆모습을 살폈다.

산이 초록빛으로 물들었다. 살랑거리는 실바람이 동쪽에서 불어오자 강풍이 몰아치는 날씨는 뜸해졌다.

파리가 왕성한 번식력을 보이며 말려둔 오징어에 떼를 지어 모여든다. 저녁이 되면 모기 소리가 귓가를 맴돈다.

가끔씩 화물을 실은 배가 지나가면 마을 사람들은 잠시 고개를 들어 바라보다가도 이내 시선을 돌려 하던 일을 계속했다. 배는 잔잔한 바다를 유유히 지나갔다.

오징어가 적게 잡히기 시작하니 말리는 오징어의 양도 줄었다. 집마다 마른오징어를 새끼줄로 엮어서 쌓아두었다.

5월 중순, 이른 아침부터 마른오징어를 등에 짊어진 사람들이 집을 나와 다른 집 사람들과 함께 산길을 올랐다.

이사쿠 어머니도 두 번 마른오징어를 등에 지고 이웃 마을에 갔다. 어머니는 곡식을 얼마 받지 못했는데도 표정이 밝았다. 중개인에게 아버지 소식을 듣지 못했기 때문이다. 그러니까 무사하다는 뜻이다. 이사쿠는 안도했다. 그러나 어머니는 다미의 언니가 고용 하인으로 팔려 간 지 불과 두 달 만에 병에 걸렸다는 소식을 전했다.

"중개인은 지독한 계집이 들어왔다며 화를 내더구나. 중개료를 생각하면 충분히 벗겨 먹고 있는 주제에 말이야……."

어머니는 거침없이 독설을 내뱉었다.

고용 하인이 사망하면 중개인은 부적절한 사람을 보냈다는 이유로 일부 변상을 해야 하기에 건강한 사람을 선택하며, 사망했을 때의 손실을 고려해 가족에게 지불하는 몸값보다 훨씬 많은 금액을 자신이 챙긴다. 이사쿠의 마을은 우수한 고용 하인 공급처 중 하나였다.

다미네 가족도 소식을 들었을 텐데 어떻게 받아들일지 이사쿠는 궁금했다. 물론 슬픔에 잠겨 있겠지만 동시에 다른 감정도 품고 있을지 모른다. 다미 언니의 몸값을 선불로 받았고 한 사람 몫의 입도 덜었다. 더욱이 다미의 언니가 계약이 끝나서 마을로 돌아온다고 해도 좋은 남자와 인연을 맺을 가능성은 희박하다. 그렇기에 가족들에게 다미의 언니가 죽을병에 걸렸다는 소식이 꼭 슬픈 일만은 아닐 수 있다.

어머니는 가져온 곡물을 항아리에 담으면서 자신에게 말하듯이 중얼거렸다.

"아버지는 죽을 리가 없다. 그렇게 쉽게 죽을 인물이 아니고말고."

어머니가 두 번째로 이웃 마을에 마른오징어를 가져갔다가 돌아온 다음 날 저녁이었다. 해변으로 배를 끌고 올라오던 이사쿠는 옆 배에서 노를 분리하던 마을 남자가 하는 말에 고개를 들었다.

"무지개다."

곶 위에서 먼바다로 무지개가 어렴풋이 걸쳐 있다. 그해 첫 무지개였다.

"슬슬 꽁치가 오겠구먼."

남자는 들뜬 목소리로 말하고는 노를 들고 해변을 떠났다.

점점 선명해지는 무지갯빛이 저녁 하늘을 아름답게 채운다. 저녁 무지개는 좋은 징조인데 특히 초여름 무지개는 꽁치 풍어를 알리는 징조다.

하지만 이사쿠는 무지개를 보고 불안해졌다. 꽁치 잡는 솜씨가 형편없어서 만일 작년처럼 얼마 못 잡으면 가족들은 굶주림에 시달릴 것이다. 꽁치 철은 마을 사람들에게 가장 중요한 시기로 몸에 영양을 공급하는 꽁치를 잡아서 저장할 수 있느냐 없느냐는 그해 가족의 생사로도 연결된다. 사촌 형 다키치가 꽁치잡이 요령을 알려주겠다고 했지만 혼인을 앞두고 들뜬 마음에 그냥 가볍게 한 말일 수도 있다.

다키치와는 가끔 바닷가에서 마주쳤고 멀리서 고기 잡는 모습을 본 적도 있다. 혼인이 다키치에게 어떤 영향을 주었는지는 알 수 없으나 그의 눈빛은 자신감으로 가득 차 있다. 몸집도 작으면서 이사쿠를 대할 때는 어린 사람을 깔보는 듯한 시선으로 보아 거만해 보이기까지 했다. 이사쿠 생각에는 다정하던 다키치가 변해서 더는 꽁치 잡는 방법을 알려줄 것 같지 않았다.

다키치 이상으로 변한 구라는 마을 사람들의 눈길을 끌 정도였다. 구라는 다키치가 고기잡이에서 돌아오면 바로 해안으로 온다. 다키치 앞에서는 마치 다른 사람이라도 된 양 온순하게 다키치가 시키는 대로 움직인다. 힘이 좋은 구라는 잡아 온 고기를 큰 통에 담아 가볍게 어깨에 짊어지고 서둘러 집으로 가져간다. 다키치는 거의 빈손이나 마찬가지인데도 어구류도 죄다 구라가 들게 한다. 다키치가 바닷가를 걸어 나가면 구라가 뒤를 따라간다.

마을 사람들은 볼 때마다 구라가 다키치에게 꽉 잡혀 산다고 음흉하게 눈웃음을 지으며 말했다.

바다가 거친 어느 날, 이사쿠는 등에 칼과 밧줄을 동여매고 천의 원료인 피나무 껍질을 채취하려고 산으로 들어갔다. 피나무 껍질이 많은 지역에는 뱀이 많아서 바지 위에 정강이 보호대를 찼다.

비는 약하게 내렸지만 바람은 강했다. 삿갓이 날아가지 않도록 가장자리를 잡고 축축하게 젖은 산길을 걸어 올라갔다.

반각 정도를 걸은 후 숲에 들어섰다. 나무 꼭대기 쪽이 심하게 흔들렸으나 숲속에는 바람 한 점 불지 않았고, 촉촉한 나무껍질 향이 공기 중에 감돌았다.

어린 피나무 옆에 멈춰 선 후, 등짐에서 도끼와 줄을 꺼냈다. 아버지를 따라 피나무 껍질을 채취하러 두 번 온 적이 있다. 그때 아버지가 했던 것처럼 나무뿌리 가까운 부위에 도끼날을 깊이 박았다. 이어 옆 나무에서 떨어진 가지를 주걱처럼 깎아서 끝부분을 나무껍질 아랫부분에 집어넣었다. 어린나무의 껍질이 뜨면 그것을 잡아당겼다. 나무껍질이 벗겨졌다.

이사쿠는 이 어린나무에서 저 어린나무로 이동하며 껍질을 벗겼다. 간간이 내리는 빗방울이 삿갓에 떨어져 소리가 났다. 피나무 줄기를 타고 흐르는 빗물이 은은하게 빛난다.

배가 고파졌다. 대나무 껍질로 감싼 꾸러미를 펼쳐서 선 채로 커다란 수수경단을 입에 넣었다. 작년에는 피나무 껍질을 채취하지 않았는데 올해는 채취했으니 어머니가 천을 만들 수 있을 것이다. 벗겨낸 나무껍질을 보고 있으니 자신이 어엿한 가장이라도 된 것처럼 느껴졌다.

이사쿠는 다시 일을 시작했고 잠시 후, 바닥에 놓인 나무껍질을 주워 모아 접어서 줄로 묶은 다음 등에 짊어졌다. 꽤 무거웠는데 사오십 근은 족히 나가는 것 같았다.

막대기를 지팡이 삼아 발을 힘껏 내디디며 나무 사이를 지나 숲을 빠져나왔다. 빗줄기는 점차 거세져서 삿갓과 어깨에 빗방울이 튀어 오른다. 바람이 이사쿠의 등짐을 후려쳐 몸이 흔들렸다. 막대기로 몸을 지탱하며 산길을 내려가는 동안 바람의 압력을 견뎌내려고 여러 번 걸음을 멈추어야 했다.

산 아래쪽으로 폭풍우 치는 바다가 이사쿠의 시야에 들어왔다. 몸은 스며든 빗물과 땀으로 흠뻑 젖어 있었다.

그날 밤부터 어머니는 나무껍질을 손질하기 시작했다. 부엌칼로 겉껍질을 벗겨내고 속껍질만 바닥에 늘어놓았다. 토방에서 어구를 손질하던 이사쿠는 어머니가 신나게 일하는 모습을 보았다.

다음 날, 어머니는 속껍질을 집 근처 개울물에 담갔다. 겉껍질은 묶어서 토방 구석에 쌓아놓았다. 나중에 불쏘시개로 쓸 것이다.

닷새 후에 내피를 개울에서 건져내 재를 섞은 물로 가득 채운 솥에 넣고 삶았다. 그것을 다시 개울물에 담갔다가 꼼꼼히 헹구고 그늘에 말린 다음, 잘게 찢어서 실로 만들었다.

어머니는 물레로 실을 뽑고 베틀 앞에 앉아 천을 짰다. 피곤한지 눈곱이 배어 나오는 눈을 비벼댔다.

장마철이 시작되면서 비가 거세게 퍼부어 마을이 부옇게 보였다. 오징어는 바다에서 자취를 감췄고 낚싯대를 드리워 봤지만 작은 생선만 걸렸다.

저녁에 뭍으로 돌아온 늙은 어부가 꽁치가 왔다고 말했다.

이사쿠는 초조해졌다. 아버지는 꽁치잡이 실력이 보통이 아니었는데 이사쿠는 꽁치 잡는 방법이 도통 이해가 되지 않았다. 지난해 장마철에는 아버지가 고기 잡던 모습을 떠올리며 낚아보려 했지만 전혀 잡지 못했다. 다른 집에서는 연일 꽁치 굽는 연기가 피어오르고 소금에 절여 통에 담기도 했는데 이사쿠네 가족은 구경만 하고 있어야 했다. 올해는 기필코 몇 마리라도 꽁치를 잡아서 집으로 가져가야겠다고 생각했다.

마을에서 가장 많이 잡히는 물고기는 꽁치였으므로 어부들은 가능한 한 많이 잡으려고 애썼다. 다른 사람에게 고기 잡는 방법을 가르칠 여유가 없다. 지난해 꽁치 철에는 이사쿠 가족을 불쌍히 여긴 사람들이 몇 마리씩 가져다주기도 했는데 이사쿠는 다른 사람의 동정에 기대고 싶지는 않았다.

이사쿠가 의지할 사람은 사촌인 다키치뿐이었지만 가정이 있는 그가 이사쿠에게 고기 잡는 방법을 알려줄지 의문이었다. 게다가 혼인 후 달라진 다키치의 태도도 마음에 걸렸다.

그렇다고 가족을 굶주리게 할 수는 없었기에 그날 밤 저녁밥을 허겁지겁 먹고 서둘러 별빛이 환하게 비치는 길을 따라 다키치네 집으로 갔다.

"안녕하십니까!"

말을 뱉은 후 볏짚으로 이어진 거적문 사이로 들어가니 토방에 앉아 있던 다키치가 이쪽으로 고개를 돌렸다. 옆에는 아내 구라가 무릎을 꿇고 앉아 일을 돕고 있었다. 토방에는 두꺼운 멍석이 몇 장 깔려 있었고 굵은 밧줄도 놓여 있었다. 이사쿠는 고기잡이에 필요한 도구를 손질하는 다키치에게 다가갔다.

"전에 꽁치 잡는 방법을 알려준다고 했으니 약속을 지켜주면 좋겠어. 식구들이 굶주리게 생겼거든. 입으로 내뱉은 말을 잊어버리지는 않았지?"

이사쿠는 다키치를 바라보았다.

다키치는 엷은 미소를 지으며 말했다.

"잊었을 리가 있나. 조만간 네가 올 줄 알았다."

이사쿠는 안도했다. 그리고 옆에 앉아서 다키치의 분주한 손길에 시선을 고정했다.

꽁치를 잡을 때는 서너 겹으로 엮은 두꺼운 멍석을 굵은 밧줄로 묶고 선미에서 20간 정도 떨어진 바다에 띄운다. 동시에 뱃전 근처 수면에도 해초를 매단 멍석을 띄운다. 어부는 닻을 내려 배를 세운 후에 꽁치에게 들키지 않도록 배에 몸을 눕힌다. 잠시 후 떠내려가는 멍석 아래로 꽁치 떼가 들어오면 천천히 밧줄을 잡아당긴다. 꽁치는 고물 쪽 멍석과 함께 이동하면서 뱃전에 붙어 있는 멍석 아래로도 들어간다. 물에 떠 있는 멍석과 매달린 해초가 꽁치를 흥분시키는지 갑자기 산란할 것 같은 움직임을 보인다. 어부는 뱃전 근처에 떠 있는 멍석에 난 구멍으로 살며시 손을 집어넣고 손가락을 움직인다. 이에 이끌려 꽁치가 손가락 사이로 다가오면 손으로 잡는다.

꽁치잡이의 기본은 알고 있었으나 이사쿠는 꽁치를 한 마리도 잡지 못했다.

손가락 사이로 꽁치가 들어온 적은 있었지만 전부 도망가 버렸다. 게다가 다른 배와 달리 이사쿠의 배 주위로 꽁치가 몰리는 경우도 드물었다.

토방에는 선미에서 흘려보낼 멍석이 이미 준비되어 있었으며 다키치는 뱃전 쪽에 띄울 멍석에 구멍을 뚫고 있었다.

"내가 전에 배를 나란히 대고 고기 잡는 것을 지켜보라고 했는데 생각해보니 그건 안 되겠다. 꽁치가 도망가 버릴 테니까. 대신 뭐든지 모르는 게 있으면 물어봐. 알려줄게."

다키치는 손을 쉼 없이 움직이며 말했다.

역시 이럴 줄 알았다고 이사쿠는 생각했다. 꽁치잡이 시기가 되면 어부들은 신경이 예민해져서 남의 배가 너무 가까이

다가가면 심하게 고함을 질렀다. 꽁치잡이는 미묘한 감이 필요하며 사소한 일로 그날의 꽁치잡이를 망칠 수 있다. 다키치의 마음도 이해가 된다.

"꽁치 잡는 방법을 알려줘. 나는 늘 놓치기 일쑤야."

이사쿠는 다키치 옆얼굴에 시선을 고정했다.

다키치는 하던 일을 멈추고 한 손을 들어 손가락을 천천히 움직이다가 돌연 움켜쥐었다.

"꽁치 머리가 손가락 사이에 들어오는 순간, 잡는 거야. 머리 말고 다른 부위를 잡으면 놓칠 수 있어."

"머리라."

이사쿠는 손가락을 펼쳐서 움직여 보았다.

"한 번 놓친 꽁치는 다시는 다가오지 않아. 명심해, 잡을 때 손톱을 세우면 안 돼. 꽁치 피가 조금이라도 흐르는 순간 흩어져버리니까."

다키치는 다시 일을 시작했다.

이사쿠는 고개를 끄덕였다.

"하나 더 물을게. 꽁치는 어째서 내 배 가까이 오지 않는 거야?"

다키치가 고개를 들었다.

"네 그림자가 수면에 비치니까. 뱃전에 엎드리고 손만 내밀어봐. 꽁치는 사람 그림자를 무서워하거든."

이사쿠도 알고 있기는 했는데 더 신경 써야겠다고 생각했다.

다키치의 시선이 멍석을 향했다. 그의 옆모습을 바라보던 이사쿠는 열일곱 살 다키치가 어느덧 제 몫을 하는 어부가 되었음을 실감했다. 어머니를 부양하면서 구라의 남편이 되었으니 가장으로서 책임감도 더욱 강해졌으리라. 이사쿠는 다키치가 다시 보였다.

어서 집에 돌아가 어구 만드는 일을 시작하고 싶었다. 이사쿠는 다키치와 구라에게 고맙다고 인사하고 집 밖으로 나왔다.

이사쿠는 귀가와 동시에 어구 만들기에 돌입했다. 다음 날도 이른 아침부터 작업하여 정오 무렵에는 어구를 완성했다.

이사쿠와 어머니는 가랑비를 맞으며 어구를 해변으로 옮겨 배에 실었다. 해가 질 때쯤이 고기 잡기에는 가장 좋은 때라서 아직 바다에는 배가 한 척도 없었다.

점심을 먹고 바닷가로 갔는데 어부들이 모여 있었다. 꽁치가 서쪽에서 회유(回游, 계절에 따라 일정한 시기에 한 곳에서 다른 곳으로 떼 지어 헤엄쳐 다니는 일-옮긴이)해 오므로 해변에서 왼쪽으로 1리 정도 떨어진 곳의 끄트머리 부근에서 고기를 잡는다.

배가 하나둘씩 출항하자 이사쿠도 머리를 수건으로 동여매고 배를 바다에 띄웠다. 암초를 피해 노를 저으며 배를 몰았다. 바다는 잔잔하여 곶에 부딪히는 하얀 파도만 희미하게 보였다. 마을이 멀어지고 뒤쪽으로 연달아 펼쳐진 산줄기가 눈에 들어왔다. 비는 그쳤어도 산은 안개에 휩싸여 있었다.

이사쿠는 있는 힘껏 노를 저었으나 다른 배들이 잇달아 앞질러 갔다. 뒤쪽에 보이는 것은 사헤이의 배뿐이었다.

곶 근처에 다다르자 물결이 밀려와 배가 출렁댔다. 앞서가던 배들은 벌써 고기를 잡기 시작했다.

이사쿠는 노를 올리고 닻을 던진 후, 선미에서 멍석을 물에 내렸다. 멍석이 물결에 오르락내리락 떠내려가면서 줄이 팽팽해졌다. 뱃전 쪽에도 멍석을 띄운 다음 다키치의 조언대로 배 밑바닥에 바짝 엎드리고 떠내려가는 멍석 쪽을 바라보았다. 다키치는 멍석 아래에 꽁치가 들어오는 기분이 들면 줄을 힘껏 당겨 멍석을 배 쪽으로 끌어당기라고 말했는데, 이사쿠눈에는 물고기는커녕 그림자도 보이지 않는다. 이미 다른 배에서는 몸을 숙이고 줄을 양손으로 끌어당기는 사람도 있었다.

이사쿠는 멍석을 세심히 관찰했지만 이렇다 할 변화가 보이지 않는다. 멍석 아래에 이미 꽁치가 들끓고 있을지도 모른다. 줄을 잡아서 당겼다. 멍석이 천천히 다가온다. 꽤 묵직하다.

멍석이 배에 닿자 줄을 선미에 연결했다. 뱃전 가까이에 떠 있는 멍석으로 손을 뻗어서 구멍에 손을 집어넣고 물속에서 살며시 움직였다. 뱃전에서 멍석 아래를 내려다보았다. 반짝이는 은빛이 빠르게 스쳐 가는 모습이 보였다. 꽁치가 왔다고 이사쿠는 생각했다.

은빛으로 빛나는 것이 점점 더 많아지더니 들끓기 시작했다. 순간 멈춘 것도 있었다. 손가락에 꽁치 몸이 닿았나 싶었지만 금세 도망갔다. 처음 한 마리를 잡지 못하면 꽁치 떼가 흩어진다던 다키치의 말을 되새기며 머리부터 잡아야 한다고 다짐했다. 손가락 사이로 꽁치가 지나다니기 시작했다. 머리가 또렷이 보인다. 지금이다, 하고 생각한 순간이 몇 번이나 있었지만 손가락이 원하는 대로 움직이지 않았다.

이사쿠는 꽁치 머리가 손가락 사이를 통과하는 것을 눈으로 보고 재빨리 손가락을 오므렸다. 하지만 꽁치는 몸을 비틀어서 빠져나갔다. 꽁치 떼가 순식간에 흩어지면서 은빛이 사라졌다.

물에서 손을 들어 올려 얼굴을 거칠게 문질렀다. 쉽지 않다는 것을 다시 한번 깨달았다. 한편으로는 꽁치를 맨손으로 잡는 것이 가능할 리가 없다고 생각했다. 작년에는 멍석 아래로 꽁치가 거의 오지도 않았는데 이번엔 손가락 주변까지 꽁치 떼가 몰려들었으니 잘한 거라며 애써 자신을 위로했다.

바다 쪽으로 눈을 돌리자 꽁치를 수시로 잡으면서 배 아래로 몸을 숙이고 있는 어부들의 모습이 보인다. 가랑비가 내리기 시작했다.

이사쿠는 다시 밧줄을 길게 늘어뜨리고 멍석을 흘려보냈다. 그리고 적당한 때를 봐서 줄을 잡아당겼지만 멍석 아래에서 꽁치의 모습은 보이지 않았다.

잠시 후 주변이 어둑어둑해지고 배가 돌아가기 시작했다. 이사쿠도 멍석을 끌어 올리고 노를 저어 그들의 꽁무니를 따라갔다. 앞서가는 배를 따라 암초 사이를 빠져나와 마을 사람들이 바닷가에 피워놓은 불을 향해 나아갔다. 이미 해가 진 터라 모닥불 가까이 선 사람이 붉게 보인다.

배가 뭍에 다다르자 나와 있던 어머니가 이사쿠를 도와 배를 해변으로 끌어 올렸다. 배 바닥을 훑어본 어머니는 아무 말도 하지 않았다.

그날 밤 이사쿠는 다키치를 찾아갔다. 꽁치를 굽고 있던 다키치네 집은 연기와 냄새가 진동했다.

"한 마리도 못 잡았어."

이사쿠가 마루 끝에 걸터앉아 한숨을 쉬며 말하자 화롯가에 앉아 있던 다키치가 옅은 미소를 지었다.

"떠다니는 멍석 아래에 꽁치가 있는지 없는지 어떻게 알아?"

이사쿠가 물었다.

"오랜 경험으로 터득한 감이지. 바다 색깔이 살짝 변하거든. 물이 움직이기도 하고."

다키치는 대답했다.

이사쿠는 입을 꾹 다물었다.

다키치가 꼬치에 끼운 꽁치를 손에 들고 일어서서 말했다.

"먹어."

이사쿠는 머리를 세차게 흔들고 자리에서 일어나 말없이 집 밖으로 나갔다.

바다가 거친 날을 제외하고 이사쿠는 어부들과 매일 출항했다. 꽁치는 본격적으로 회유를 시작하여 어획량은 나날이 늘었다. 사헤이도 아버지에게 배웠는지 거의 어김없이 꽁치를 하루에 십여 마리나 잡았다. 다른 어부들의 경우 배 밑바닥이 꽁치로 뒤덮여 있었다.

이사쿠는 한 마리도 잡지 못하고 빈 배로 돌아가는 것이 부끄러웠다. 어머니는 고기잡이에 관해서는 일절 언급하지 않았다. 물을 많이 넣고 죽을 끓여서 동생들을 먹였다. 이사쿠는 동생들에게 꽁치를 먹이지 못하는 것이 고통스러웠다.

꽁치잡이가 시작된 지 보름쯤 지났을 무렵, 물에 띄운 멍석 근처 수면에 희미한 물보라가 이는 것을 보았다. 왠지 모르게 바다 색깔도 해당 부분만 다르게 느껴졌다. 착각한 줄 알았다. 물결은 완만하게 오르내릴 뿐 아무런 변화가 없었다. 자신이 물고기 그림자를 알아챘을 리 없다고 생각했다.

이사쿠는 줄을 천천히 당기기 시작했다. 어차피 꽁치가 없어도 손해 볼 것은 없기 때문이다. 멍석이 배에 가까워져서 뱃전 쪽에 떠 있는 멍석과 나란해졌다. 줄을 묶은 후에 조용히 뱃전 쪽에 띄운 멍석 아래를 들여다보았다.

은빛 물체들이 이리저리 움직이며 어지럽게 흐트러져 있었다. 몸이 뜨거워졌다. 착각이 아니라 20간 정도의 거리에 있는 물고기 그림자를 발견할 수 있었다. 다른 어부들에게는 쉬운 일이었겠지만 초보 어부 이사쿠에게는 어려운 일이었다.

이사쿠는 멍석에 뚫린 구멍 속으로 천천히 손을 집어넣었다. 손가락을 벌려 살랑살랑 흔들었다. 꽁치가 다가와 몸을 흔들며 스쳐 지나간다. 멍석 아래에는 꽁치가 제법 많이 몰려 있었다. 살이 오동통하게 오른 꽁치로 모양도 색깔도 아름답다. 작은 눈이 반짝인다. 손가락 사이를 꽁치가 연신 지나간다.

이사쿠는 꽁치 한 마리가 손가락 사이에서 멈춘 것을 보았다. 손가락에 힘을 꽉 주고 꽁치의 머리를 잡았다. 손을 들어올렸다. 몸을 팔딱이는 꽁치가 석양빛을 받아 반짝였다. 눈물이 솟구쳤다. 화롯가에서 죽을 후루룩 마시는 동생들에게 꽁치를 먹일 생각에 기쁨이 가득했다.

이사쿠는 꽁치 한 마리를 배 밑바닥에 내려놓고 다시 멍석 구멍으로 손을 넣었다.

그날 밤 어머니는 꽁치 한 마리를 네 등분하여 각각 꼬챙이에 꽂아 불 위에 올려놓았다.

뿌연 연기가 피어오르며 기름기가 스며 나와 불에 떨어질 때마다 불꽃이 타올랐다. 동생들은 눈을 반짝이며 꽁치를 쳐다보았다.

어머니는 머리 부분을 끼운 꼬치를 이사쿠에게 건네주고 나머지 세 개는 동생들과 나누었다. 어머니가 머리를 건네준 다는 것은 자신을 집안의 기둥으로 인정한다는 의미다.

뜨거운 꽁치는 맛있었다. 살을 다 발라 먹고 생선 뼈까지 핥고 있는 동생들을 보고 앞으로도 꼭 꽁치를 집에 가져와야 겠다고 생각했다.

예년과 달리 꽁치가 풍어를 이루어 나날이 더 많은 꽁치가 멍석 아래로 떼 지어 들어왔다. 약 반각 동안 어부들은 쉴 틈 없이 꽁치를 잡았다. 대부분의 배가 100마리가 넘는 꽁치를 싣고 뭍으로 돌아갔다.

이사쿠도 점차 요령을 터득해서 하루에 몇 마리 정도는 잡을 수 있게 되었다. 때로는 열 마리 가까이 잡는 날도 있었다. 어머니는 한 사람당 한 마리 정도 주고 나머지 꽁치는 소금에 절여서 저장했다.

어느 날 밤 천둥소리가 요란하고 비가 억수같이 퍼붓더니 장마가 끝났다. 그후 햇살이 강해지면서 이사쿠의 얼굴과 팔다리는 햇볕에 그을렸다. 여자들은 미역 채취에 여념이 없었다.

더위가 기승을 부렸고 소나기가 종종 마을에 쏟아졌다. 꽁치가 북쪽으로 이동하기 시작했는지 물고기 그림자가 점점 보이지 않다가 7월이 되자 아예 사라졌다. 꽁치가 사라지자 오징어가 다시 모습을 드러냈고 어부들은 작은 물고기 살점을 미끼로 삼아 오징어잡이에 힘썼다.

마을 여자들은 소금에 절인 꽁치를 짊어지고 이웃 마을로 향했다. 집집마다 항아리에 가득 저장한 꽁치를 곡물로 바꾸기 위해서였다. 그러나 이 일대는 이사쿠네 마을처럼 어획량이 많다 못해 넘쳐나서 잡은 꽁치의 절반 이상을 비료로 쓸 정도였으니 이웃 마을에서 돌아온 사람들이 맞바꿔 온 농작물은 얼마 되지 않았다. 물론 이사쿠네 집에서는 소금에 절여둔 꽁치가 얼마 되지 않아서 이웃 마을에 가지 않았다.

이웃 마을에서 돌아온 사람들은 그해 여름, 주변 마을에 열병이 유행하면서 많은 사람이 죽었다는 이야기를 전해주었다. 이사쿠네 마을은 다른 마을들과 멀리 떨어져 있어 유행병을 앓는 사람은 아무도 없었다. 죽은 사람도 어린아이를 제외하면 노인 또는 머리나 심장이 아픈 사람이 대부분이었다.

촌장은 유행병이 들어오는 사태를 우려해 마을 밖으로 나가는 것을 금했으며 이웃 마을에서 돌아온 자들에게는 보름 동안 이른 아침에 바닷물로 목욕하는 것을 게을리하지 말라고 지시했다.

백중날(음력 7월 15일에 치르는 불교 의식으로 조상의 영혼을 기리는 날이다-옮긴이) 행사로 고기잡이가 중지되었다.

마을 사람들은 가족을 데리고 산길을 올라 묘지를 정리한 후에 집으로 돌아가서 불단에 곡식과 건어물을 올렸다. 저녁에는 문간에서 삼대를 태우고 바닷가 모래사장에 횃불을 피워 꽂았다. 바다 저편으로 떠난 죽은 사람의 영혼을 맞이하기 위해서인데 영혼이 밤에 횃불에 의지해 어둠을 뚫고 뭍으로 올라온 다음, 삼대에서 피어오르는 불을 보고 각자의 집을 찾아간다고 한다. 마을 사람들은 영혼이 발을 씻고 집에 들어간다고 믿었기에 토방에 맑은 물을 담은 대야를 두었다.

어머니는 그해 2월에 병으로 죽은 데루의 첫 백중을 쇠려고 잘라 온 대나무 막대에 흰 천을 묶어 문간에 세웠다. 자식을 잃은 슬픔이 되살아났는지 오랫동안 대나무 옆에 서 있었다.

사흘 후 저녁, 죽은 영혼을 기리고자 나무껍질과 대나무로 만든 배를 바닷가로 운반했다.

"배가 나간다."

어린아이들이 소리치며 마을을 뛰어다녔다.

이사쿠는 천이 달린 대나무 막대를 쥐고 가는 어머니를 따라, 불단에 놓여 있던 공양물을 들고 바닷가로 향했다. 물가에는 죽은 영혼을 기리는 배가 떠 있었다. 이사쿠는 마을 사람들과 함께 공양물을 배에 실었고 어머니는 대나무 막대를 꽂았다.

촌장의 지시에 따라 배 두 척이 이 배를 이끌어 해안에서 멀리 벗어나 20간 정도 떨어진 곳에서 예인줄을 풀었다. 어부가 손에 든 횃불을 던지자 배는 불이 붙은 상태로 천천히 바다 쪽으로 흘러간다. 대나무가 천과 함께 불에 타서 떨어지는 모습이 보였다. 영혼은 불타는 배의 불빛을 받으며 바다 저편으로 돌아간다.

바다에 땅거미가 지기 시작하자 불길은 점차 사그라졌고 이내 꺼졌다. 이사쿠와 어머니는 오랫동안 먼바다 쪽을 바라보았다.

화창한 날씨가 이어졌고 거대한 구름 기둥이 수평선을 따라 피어올랐다. 하늘이 돌연 어두워지면서 한바탕 폭우가 쏟아지는 날도 있었다.

어머니는 이웃집 여자들과 산에서 나물을 캐거나 바닷가에서 조개와 해초를 주우면서 시간을 보냈다.

이사쿠는 이따금 어머니가 꼼짝도 하지 않고 멍하니 허공을 응시한다는 것을 알고 있었다. 그런 표정을 볼 때마다, 밤이면 어머니를 감싸 안은 아버지가 어둠 속에서 몸을 위아래로 움직이던 광경이 떠올랐다. 아버지는 말이 없었지만 어머니 입에서는 눌려 죽을 것 같은 소리가 새어 나왔다. 고통을 참지 못할 때 나오는 신음과 비슷했지만 이사쿠는 그것이 격렬한 희열 때문이라는 사실을 알고 있었다.

아버지가 고용 하인으로 일하러 간 지 벌써 1년 반이 지났다. 어머니는 여자로서 누려야 할 기쁨을 잃어버렸으니 아버지와 함께한 시간을 떠올리며 멍한 표정을 짓고 있는 것이 분명했다. 어머니는 아버지의 옷감을 짜다가도 아무 말 없이 베틀을 어루만지기도 했다.

더위가 한풀 꺾여 밤이 되면 서늘한 기운이 들었는데 이런 날이 점차 늘어났다. 보통 가을이 가까워질 무렵에 장맛비가 내리는데 그해에도 마찬가지였다.

한 달쯤 지나자 바다가 맑은 빛을 띠고 구름 한 점 없는 푸른 하늘이 펼쳐졌다. 바다는 잔잔하였고 오징어의 입질도 끊임없이 이어지며 제법 잘 잡혔다.

어부 두 명이 오징어를 들고 이웃 마을에 갔다. 갈고리나 작살 같은 어구와 교환하기 위해서였다. 닷새가 지나서 돌아온 그들은 중개인에게 고용 하인으로 팔려 간 사람들의 소식을 가져왔다. 이사쿠의 아버지 소식은 없었지만 다미의 언니가 죽었다는 소식이 들려왔다. 이미 한 달 반 전에 사망했고 현지에서 화장했다고 한다.

이튿날 고기잡이는 중지되었고 이사쿠는 마을 사람들과 다미의 집으로 갔다. 시신 대신, 다미의 언니가 사용하던 그릇과 젓가락을 관에 넣고 마을 노파들이 불경을 외었다.

장례 행렬이 움직이기 시작해 이사쿠는 장작더미를 등에 지고 따라갔다. 다미의 가족들이 관을 따라 걸었다. 산길을 올라가 숲속에 있는 화장터에 관을 내렸다.

불이 일면서 관이 불길에 휩싸였다. 시신은 없을지라도 영혼은 관 속에 있기에 연기와 함께 바다 저편으로 떠나간다. 불경 외는 소리가 높아지고 이사쿠도 두 손을 모았다. 다미가 갑자기 소리 내 울었다. 뒤로 묶은 머리가 바람에 날리고 풀려나온 머리칼은 헝클어졌다. 이사쿠는 어깨를 들썩이는 다미의 뒷모습을 바라보았다. 그날을 포함해서 사흘 동안 마을 사람들은 상복을 입고 밖으로 나오지 않고 집에 머물렀다.

여자들은 좁은 계단식 밭을 올라가 피와 수수 같은 곡류를 자루에 담아 집으로 가져갔다. 자갈이 많고 땅이 척박하여 수확물이 많지 않다. 어머니도 밭에 가서 얼마 되지도 않는 곡식을 거두어 집으로 가져와 항아리에 담았다.

갯바위에서 문어가 잡히기 시작했다. 보통은 억새가 이삭을 뻗을 무렵 모습을 드러내는데 올해는 예년보다 빨리 왔다. 이사쿠는 암초가 펼쳐진 바다에 배를 띄우고 문어잡이에 전념했다. 노를 멈춘 후에 붉은 천을 매단 장대를 바닷물에 넣어 바위틈이나 해초가 무성한 지점으로 가져갔다. 흔들리는 붉은 천을 먹이로 착각하고 모습을 드러내는 문어를 재빨리 갈고리로 낚아챘다. 집집마다 문어를 나란히 걸어서 햇볕에 말리고 있었다.

가을바람이 불고 억새 이삭이 자랄 때쯤 문어 수가 눈에 띄게 줄었다. 붉은 천을 아무리 흔들어도 모습을 드러내지 않는다. 그러다가 겨우 모습을 드러내고 다가온 문어를 보면 놓치지 않고 갈고리로 잡았다. 작년 가을보다 능숙하게 문어를 잡는 것 같다.

이사쿠는 바닷속에 장대를 집어넣고 이리저리 움직여서 꽁치를 잡았던 때를 떠올렸다. 고기잡이를 하러 바다에 나간 사람 중에서는 가장 적게 잡았어도, 고기잡이를 시작한 지 2년 만에 어쨌든 꽁치를 잡을 수 있게 되었으니 기뻤다. 해마다 고기를 잡다 보면 머지않아 제 몫을 하는 어부가 될 수 있을 거라는 자신감도 생겼다.

어부들은 문어가 잘 잡히지 않자 당황했다. 문어를 말려서 이웃 마을 상인들에게 팔아왔기 때문이다. 말린 문어는 설 차례상에 빠질 수 없는 음식이라 상인들이 연말에 여러 산간 마을에 팔아치운다. 마을 사람들은 문어를 곡물로 바꾸어 마을로 가져온다. 그러니까 문어는 월동에 필요한 음식을 손에 넣는 데 중요한 어획물이며 양이 적으면 마을 식량 사정이 몹시 어려워진다. 어부들의 얼굴에는 근심이 가득했다.

어머니는 동생들을 데리고 산속으로 들어가 땔감으로 쓸 고목이나 나뭇가지를 집으로 가져왔다. 그리고 이사쿠와 함께 겨울에 쓸 장작을 패서 토방 구석에 쌓아두었다.

이사쿠는 고기를 잡다가 저 멀리 산봉우리 꼭대기를 바라보는 일이 잦아졌다. 문어잡이는 한 해의 마지막 고기잡이이며 겨울이 오면 뱃님이 방문하는 시기가 된다. 방문할지 어떨지는 알 수 없지만 실현되면 마을에 큰 축복을 안겨줄 것이다. 문어의 흉어로 드리워졌던 먹구름이 한순간에 걷히고 마을 분위기가 금세 밝아질 것이다.

어느 날 아침, 배를 타고 바다에 나간 이사쿠는 멀리 보이는 높은 산봉우리 꼭대기에 희미한 변화가 나타났음을 알아차렸다. 산은 녹색과 바위 색으로 덮여 있는데 꼭대기 부분의 녹색이 다른 봉우리의 색과 조금 달랐다. 틀림없이 단풍이 들기 시작한 것이다.

저녁에 집에 돌아온 이사쿠는 어머니에게 말했다.

"산이 곧 붉어질 것 같아요."

장작을 패던 어머니는 이사쿠의 얼굴을 쳐다보지도 않았고 아무 말도 하지 않았다. 이미 어머니도 봉우리의 변화를 눈치챘는지 아니면 설령 겨울이 와도 뱃님이 방문할 리 없다고 여겨 반쯤 포기했는지는 알 수 없었다.

보름이 지났을 무렵, 산봉우리 꼭대기가 주홍빛으로 물들기 시작했고 날이 갈수록 색이 짙어지더니 마침내 다른 봉우리들로 퍼져 나갔다. 맑은 하늘에 양떼구름이 떠올랐고 바닷물은 차가워졌다.

단풍이 산불처럼 피어올라 뒷산을 붉게 물들이고 마을을 뒤덮었다. 문어는 이미 갯바위를 떠났는지 자취를 감췄다.

뱃님의 방문을 기원하는 의식에 지명된 임산부는 다키치의 아내 구라였다. 문어가 갯바위 가까이 다가오던 시기에 구라의 배가 부풀어 올랐는데 몸집이 큰 만큼 눈에 띄어 촌장은 망설임 없이 구라를 지목했다.

그날 밤 바닷가에 마을 사람들이 모였다. 구라는 빗질한 머리를 뒤로 묶고 엄숙한 표정으로 다키치의 배에 올라탔다. 체구가 작은 다키치와 대조되어 유난히 커 보였다.

다키치는 노를 저어 배를 몰고 나갔다. 바닷물이 거품을 일으키는 암초 부근을 피해서 배는 앞으로 나아가다가 얼마 지나지 않아 움직임을 멈췄다. 구라가 일어나서 손에 쥐고 있던 새끼줄을 바다에 던졌다. 이사쿠와 마을 사람들은 합장했고 배는 뱃머리를 돌려 해변으로 돌아왔다.

이사쿠와 마을 사람들은 구라의 뒤를 따라 촌장의 집으로 향했다.

촌장은 방에 무릎을 꿇고 앉아서 구라를 맞이했다. 구라는 촌장 앞에 앉아 손을 바닥에 대고 머리를 깊숙이 숙였다. 그리고 다시 일어서서 촌장 앞에 놓인 밥상을 걷어찼다. 상은 벽 근처까지 날아갔고 그릇 안에 있던 음식은 흩어졌다. 작년에 본 여자들의 움직임에 비해 힘이 월등히 세서 토방에 모인 남자들 사이에서 탄성이 터져 나왔다.

구라는 옷자락을 가다듬고 다시 촌장에게 고개를 숙인 뒤 다키치를 따라 집으로 돌아갔다.

그날 밤 이사쿠는 어머니 대신 다키치 집에 초대되었다. 구라가 뱃님 의식에 임산부로 뽑힌 것은 큰 경사이며 전통대로라면 곧 태어날 아이는 씩씩하게 자랄 거라고 한다. 구라의 친정아버지도 있었다. 좁쌀로 빚은 술이 나오고 단고지루가 그릇에 담겨 있다. 다키치의 어머니는 화롯가에 등을 구부리고 앉아 있었다.

"사람들이 그러는데 형수가 기세 좋게 상을 뒤엎어서 벽까지 날아갔으니 올해는 반드시 뱃님이 올 거라네."

이사쿠는 그릇에 담긴 술을 입에 머금으며 말했다. 뒤집힌 상처럼 배가 뒤집혀주면 좋겠다고 생각했다.

"와주면 좋지……"

다키치가 중얼거리듯 말했다.

구라의 아버지는 묵묵히 술을 마시고 있다. 구라가 다키치 어머니의 그릇에 뜨거운 물을 부었다. 다키치가 취기에 붉어진 얼굴을 찡그리며 말했다.

"뱃님이 와주지 않으면 곤란해. 아이가 태어나면 그만큼 식구 수도 늘어. 굶주림에서 벗어나려면 나도 네 아버지처럼 고용 하인으로 몸을 팔아야 할지 몰라."

다키치는 근심 어린 눈빛으로 이사쿠를 바라보았다.

이사쿠는 다키치의 말에 얼굴이 굳어졌지만 예상한 일이다. 연로한 어머니뿐만 아니라 아내, 그리고 곧 태어날 아기까지 세 명을 부양해야 한다는 부담이 다키치의 어깨를 짓누르고 있다. 꽁치는 팔리지 않았고 문어는 흉어라 이웃 마을에서 곡물을 얻을 수 없었으니 다키치 가족은 굶주림에 허덕일 가능성이 높다.

사정은 이사쿠의 집도 마찬가지다. 아버지는 훌륭한 어부였으나 고기잡이가 시원치 않아 고용 하인으로 일하러 나가야 했다.

바다에서 얻을 수 있는 어패류에는 한계가 있고 해가 거듭될수록 어획량은 줄고 있다. 뱃님이 와주지 않으면 팔려 갈 수밖에 없는 사람들이 속출할 것이다.

"구라 년은 아기가 젖을 떼면 자기가 고용 하인으로 일하러 가겠다잖아. 그래서 한 대 패줬어. 구라라면 몸집이 커서 은도 많이 받겠지만 아내를 팔고 싶지는 않아. 내가 갈 거야."

다키치의 눈이 반짝였다.

구라의 아버지는 입을 다문 채 화로의 불을 바라보고 있었다.

이사쿠는 구라가 차려준 죽을 먹고 가족들에게 인사한 뒤 밖으로 나왔다.

취기로 몸이 휘청거리고 눈앞이 뿌옜다. 밤길을 걷는데 눈물이 흘렀다. 가족을 남기고 고용 하인으로 일하러 떠난 아버지의 심정은 어땠을까. 헤어질 때 아이들을 굶기지 말라고 신신당부하셨지만 막내 여동생 데루는 죽었다. 아버지는 가족의 생사를 자신 같은, 의지할 수 없는 사람에게 맡기고 갔으니 아마 가족의 죽음도 충분히 예상했을 것이다. 어머니는 이사쿠와 아이들에게 조금이라도 음식을 더 먹이려고 죽을 떠서 그릇에 담아 준 다음 자신은 남은 국물을 마신다. 어머니도 아버지의 심정을 헤아리고 아이들이 죽지 않게 하려고 최선을 다하고 있었다.

바다에서 불어오는 바람에 몸이 휘청거린다. 파도 소리가 몸을 뒤덮는다.

뱃님이 방문했던 기억이 어렴풋하긴 해도 뭔지 모르게 화려한 분위기가 떠오르는 것을 보면 뱃님은 마을 사람들을 열광시킬 만한 보물을 안겨주는 듯하다.

이사쿠는 길을 따라 별빛 아래 희미하게 윤곽을 드러내는 집으로 향했다.

5

저 멀리 산봉우리를 수놓았던 단풍은 빛깔이 바래고 기온
은 나날이 낮아졌다.

바다가 잔잔한 아침, 식사를 마치고 토방에 간 이사쿠에게
어머니가 말했다.

"오늘부터 바다에 갈 때 이소키치를 데리고 가거라."

이사쿠는 화롯가에 앉아 이쪽을 쳐다보는 동생의 얼굴을
바라보았다. 바다에 데려가라는 말은 노 다루는 법과 고기 잡
는 법을 알려주라는 의미다. 뒷산에서 마른 나뭇가지를 등에
짊어지고 집에 올 수 있다고는 해도 아직 몸집이 작은 이소키

치에게 어부의 일을 배우게 하는 것은 가혹해 보였다.

"이소키치, 왜 멍하니 앉아 있는 것이냐?"

어머니가 동생의 뺨을 후려쳤다.

이소키치는 뺨에 손을 대고 일어나 서둘러 토방으로 왔다.

이사쿠는 토방 구석에 세워둔 노를 들고 집 밖으로 나갔다. 어머니와 이소키치가 이사쿠 뒤로 어구를 들고 걸어온다. 아직 새벽 기운은 가시지 않았으나 구름 한 점 없이 맑은 하늘을 보니 늦가을에 걸맞은 청명한 날이 될 듯하다.

이사쿠는 해변으로 걸어가면서 이소키치에게 바다 일을 가르치는 것이 부자연스러운 일은 아니라는 생각이 들었다. 아버지가 이사쿠를 처음 배에 태웠을 때가 일곱 살 봄이었는데 이소키치도 설이 지나면 그 나이가 된다. 아버지는 집을 떠나 있고 어머니는 하루라도 빨리 이소키치가 바다 일에 익숙해져서 이사쿠를 도와주길 바랐을 것이다. 그동안 혼자서 고기잡이를 해온 이사쿠에게 동생은 짐만 되겠지만 동생과 함께 배 위에서 시간을 보낼 생각을 하니 즐거웠다. 동시에 자신이 일을 가르쳐줄 위치에 있어 자부심도 느꼈다.

바닷가에 도착하여 배를 물에 띄웠다. 이소키치는 발에 힘을 주어 걸으며 배를 밀었다. 노를 젓자 배가 해안에서 멀어졌다. 어머니는 잠시 바닷가에 서서 이쪽을 바라보다가 돌아서 빠른 걸음으로 집 쪽으로 돌아갔다.

이소키치는 배 밑바닥에 책상다리를 하고 앉아 있었다. 눈을 반짝이며 입을 벌려 헤벌쭉 웃는다. 바다에 나와서 고기 잡는 법을 배우게 되어 기뻐 보였다.

"이쪽으로 와."

이사쿠가 말했다.

가까이 다가오는 이소키치에게 노를 쥐여주고는 거기에 자기 손을 얹어 노를 저었다.

"노는 손이 아니라 허리로 젓는 거야."

이사쿠는 이소키치의 다리 위치를 바로잡고 허리를 툭툭 쳤다.

거품이 일렁이는 암초 근처에 다다르자 노에서 이소키치의 손을 치우고 직접 배를 몰았다.

"배 돌릴 때 노 젓는 법을 모르면 암초에 부딪혀. 한눈팔지 말고 잘 봐둬."

이사쿠의 말에 이소키치는 진지한 표정을 지으며 고개를 끄덕였다.

이사쿠는 배를 멈추고 닻을 내린 후 바늘에 미끼를 꿰어 낚싯줄을 길게 늘어뜨렸다. 작은 고기밖에 안 잡히지만 이것도 말려서 저장해두었다가 겨울에 먹는다. 낚싯줄을 움켜쥔 손가락에 반응이 올 때마다 호흡을 가다듬고 줄을 끌어당긴다. 고기를 놓치는 일은 거의 없다. 이소키치는 바닥에서 펄떡거리는 작은 생선을 손으로 잡거나 흔들어보았다.

이사쿠는 배를 암초에서 암초로 이동시켰다. 그때마다 이소키치가 노를 쥐게 하고 거기에 자기 손을 얹어서 저었다.

그날부터 이사쿠는 이소키치와 바다에서 시간을 보냈다. 이소키치는 노를 저을 때 외에는 낚시하는 이사쿠를 바라보기만 할 뿐이었으나 그래도 피곤한지 저녁을 먹자마자 졸더니 이내 거적으로 만든 잠자리로 들어가 버렸다.

나뭇잎이 마르기 시작했고 뒷산에서 날아온 낙엽이 마을로 떨어졌다. 바다에도 겨울이 성큼 다가와 세차게 몰아치는 북서풍이 불어오는 날이 늘고, 바닷물은 더욱 차가워졌다.

바다가 고요한 날에는 곡식을 400섬쯤 실은 배와 200섬쯤 실은 배가 한 시간 간격으로 서쪽 곶 뒤쪽에서 모습을 드러냈다가 동쪽으로 사라졌다. 이맘때면 갓 수확한 쌀이 배에 실려 운반되었으니 한가득 실려 있는 화물은 쌀가마니가 틀림없다.

다음 날 사람들은 촌장의 지시로 해변에 임시 오두막을 만들고 소금 굽기를 준비했다.

바다가 잔잔한 날이 이어지더니 사흘이 지나자 아침부터 강한 바람이 불기 시작하고 바위에 부딪힌 파도가 물방울이 되어 바닷가 근처 집들 위로 떨어졌다. 배를 물가에서 끌어올려 땅에 박아둔 말뚝에 묶었다.

그날 밤, 사람들은 소금을 굽기 위해 불을 피웠다. 이사쿠는 변소에서 오줌을 눈 후 집 앞에 서서 바닷가를 바라보았다. 불이 바람에 펄럭이고 사람들의 그림자도 움직이고 있었다. 별도 달도 없는 칠흑 같은 어둠 속에서 보이는 것이라고는 모닥불 인근에서 부서지는 희뿌연 파도뿐이었다. 이따금 이슬 같은 작은 물방울이 얼굴에도 튀었다.

어머니는 가마솥에 익힌 소금을 마을 여자들과 함께 촌장의 집으로 나르거나 각 가정에서 가져온 장작을 바닷가로 날랐다. 이사쿠는 바다가 잔잔한 날에는 이소키치를 데리고 고기를 잡으러 나갔고, 바다가 거친 날에는 이소키치와 함께 산에 가서 땔감으로 사용할 고목을 구하러 다녔다.

바람이 끊임없이 불던 어느 날, 마을에 불상사가 일어났다.

간밤에 소금을 구우러 나갔던 기치조가 아침에 집으로 돌아오니 아내의 모습이 보이지 않았다. 그는 황망히 뛰어다니며 바닷가 일대와 뒷산을 다 뒤졌지만 아내를 찾지 못했다. 기치조의 당황한 표정에서 이웃 사람들은 심상치 않은 일이 일어났음을 감지하고 촌장에게 전했다. 촌장이 추궁하자 기치조는 전날 밤 아내에게 끔찍한 짓을 저질렀다는 사실을 실토했다.

기치조는 아내가 고용 하인으로 일하러 간 동안 다른 남자와 정분이 나서 아이까지 낳았다는 의심을 버리지 못하고 시도 때도 없이 아내를 괴롭혔는데 그날도 분노가 고개를 쳐들었다. 그는 아내를 때리다 못해 머리카락을 자른 뒤 몸을 묶어놓고 음모까지 깎아버렸다고 한다.

기치조의 자백을 들은 촌장은 그의 아내가 겁에 질려 밤중에 도망치다가 실종됐다 판단하고 남자들에게 이웃 마을로 통하는 길을 서둘러 찾아보라고 했다.

남자들은 뒷산 고갯길로 갔는데 그중 몇 사람이 산 중턱에 있는 묘지를 둘러보다가 화장터 근처 숲에서 목을 맨 기치조의 아내를 발견했다. 남자들은 시신을 멍석에 둘둘 말아서 마을로 가져와 기치조의 집으로 옮겼다. 기치조는 시신을 붙잡고 오랫동안 울어댔다.

이사쿠와 어머니는 장례식에 갔다. 시신은 밧줄로 단단히 묶인 채 시신용 기둥에 기대어 앉아 있었다. 얼마나 맞았는지 창백한 얼굴에 거무스름한 멍이 세 군데나 나 있었다. 머리카락은 어지럽게 잘려 있었으며 두피가 보일 만큼 짧은 부위도 있었다. 기치조는 방구석에서 무릎을 꿇고 고개를 푹 숙인 채 앉아 있었다. 보통 스스로 목숨을 끊은 자의 시신은 바다에 떠내려 보내지만, 기치조의 폭력을 두려워한 나머지 목을 매어 죽은 아내의 딱한 사정을 참작한 촌장의 특별 배려로 시신을 묘지에 안치하기로 했다.

다음 날 시신이 들어간 관은 화장터로 옮겨져 불에 태워졌다. 원한을 품고 자살한 자의 영혼은 마을을 떠나지 못하고 방황한다는 말이 있어 촌장은 영혼이 먼바다로 떠날 때까지 기치조에게 닷새 동안 단식을 하면서 집 밖으로 나오지 말라고 지시했다. 그러나 기치조는 아내를 화장한 날 저녁에 집을 나와 곶 근처 절벽에서 몸을 던졌다. 머리가 쪼개지고 안구는 튀어나와 입술 위에 있었으며 뇌수는 바깥으로 흘러나왔다. 마을 사람들은 배로 시신을 옮겨서 먼바다에 던졌다.

기치조 부부의 죽음을 본 마을 사람들은 다들 얼이 나갔다. 끔찍한 비극을 불러온 기치조의 지나친 질투심을 비난하면서도 그의 아내가 고용 하인으로 일하는 중에 불륜을 저질러 아이를 낳은 것도 사실인 것 같다며 수군거렸다.

바다가 사나워졌고 다시 소금 굽기가 시작되었다.

12월 초, 당번이 된 이사쿠는 밤새도록 해변에서 소금 굽는 불을 지켰다. 바람은 강하지 않았으나 파도는 높았다. 이사쿠는 부서지는 파도 소리에 놀라 몸을 움찔거리면서 장작을 계속 불에 넣었다. 하늘에는 밝은 달이 걸려 있고 썰물에 모습을 드러낸 암초 주변으로 부서지는 물보라가 어렴풋이 보였다.

이사쿠는 오두막에서 모닥불을 쬐며 바다를 주시했다. 달빛이 환하게 비추는 바다는 물결만 넘실댈 뿐 말로만 들어본 뱃님이 실제로 방문할 것 같지는 않았다.

바다가 고요한 날에는 고기잡이에 전념했는데 그때마다 이소키치는 열심히 노를 저었다. 발 위치나 허리 움직이는 방

103

법이 틀릴 때마다 뺨을 때려도 울지 않았다. 손과 발가락 피부가 찢어져 고름 섞인 피가 배어 나왔다.

어머니는 여동생을 품에 안고 잠들었고 이사쿠는 이소키치와 나란히 누워 잠을 잤다. 그는 쌔근쌔근 숨소리를 내며 잠든 이소키치의 거칠고 조그마한 손을 가만히 어루만졌다. 어머니는 깊이 잠든 이소키치를 동틀 무렵이 되면 거칠게 깨우기 일쑤였다. 발길질하는 일도 흔했다.

그해 눈은 평소보다 늦게 내렸는데 첫눈이 세찬 눈보라로 변해 사흘 동안 그치지 않았다. 마을은 눈으로 뒤덮이고 처마에는 굵은 고드름이 주렁주렁 매달려 있었다.

12월 말 어느 날 밤에 이사쿠는 꿈을 꾸었다.

저 멀리 어둠 속에서 사람들 목소리가 들린다. 이사쿠는 바닷가에 서 있다. 목소리는 바다에서 들려왔다. 돌연 목소리가 가까워졌고 해변으로 밀려오는 거센 파도 소리가 몸을 휘감았다. 파도가 몸을 덮쳐와 이사쿠의 몸이 휘청거렸다. 그때 귓가에서 자신의 이름을 부르는 날카로운 목소리가 들린다. 어머니 목소리였다. 어머니는 이사쿠의 머리를 때리고 어깨를 걷어차고 있었다.

이사쿠는 몸을 반만 일으켰다. 어머니의 손바닥이 뺨을 내리쳤다. 어머니는 격앙된 목소리로 뭐라 소리친다. 화로의 타고 남은 잔불에 눈을 크게 뜬 어머니 모습이 어슴푸레 비쳤다.

"뱃님이 오셨어!"

어머니의 고함에 벌떡 일어났다. 밖에서 사람들이 웅성거리는 소리가 들린다. 판단력을 잃어 무얼 해야 하는지도 몰랐다.

졸음을 못 이기고 있는 이소키치에게 어머니는 화가 났는지 날카로운 목소리로 말했다.

"장작에 불을 피워라!"

그런 다음 우두커니 서 있는 이사쿠의 뺨을 난폭하게 때리면서 소리쳤다.

"너는 무기를 들고 냉큼 바닷가로 뛰어가."

그러고는 토방에 가서 삿갓을 썼다. 이사쿠도 어머니를 따라 녹이 슨 괭이를 손에 들었다.

몸이 뜨거워졌다. 고대하던 뱃님이 실제로 나타났다는 사실에 가슴이 벅차올랐다. 화물이 가득한 배라면 잡곡은 물론이고 쌀도 손에 넣을 수 있다. 어릴 적 병을 앓았을 때 어머니가 아주 조금 주셨던 백설탕의 달콤한 기억도 되살아났다.

괭이를 든 어머니를 따라 밖으로 달려 나갔다. 하늘을 가득 채운 별들이 눈길을 아련하게 비추었다. 마음껏 환호하고 싶은 충동을 느끼면서 눈길을 서둘러 뛰어갔다. 몸이 마치 학질에 걸린 사람처럼 덜덜 떨려서 무릎 관절이 부러질 것만 같았다.

마을 사람들이 달려온다. 이사쿠는 바닷가에 도착했다. 앞쪽에는 소금을 굽는 불이 보였고 마을 사람들이 주변에 모여 있었다. 가마솥 아래에 장작을 많이 넣었는지 불이 활활 타오르고 불티가 사방으로 튄다. 마을 사람들이 들고 온 횃불에 바다를 바라보는 촌장의 얼굴이 비쳤다.

이사쿠는 급히 달려갔다.

"뱃님은 어디에 계신대?"

어머니가 누군가에게 말을 걸었다.

"여기 바로 앞이야. 배는 지금 한쪽으로 기울어져 있어. 암초 때문에 배 밑바닥이 부서진 게 분명해."

한 남자가 떨리는 목소리로 대답했다.

이사쿠는 바다를 뚫어지게 바라보았다. 파도가 희부옇게 밀려와 부서질 때마다 차가운 물방울이 쏟아진다. 눈이 점차 어둠에 익숙해지면서 별빛에 비친 제법 큰 배의 형체가 보였다. 하얀 물보라가 기울어진 배를 휘감고 있었다.

몸이 후들거리고 입안은 바싹 말랐다. 배가 거친 파도에 정신을 못 차리고 흔들리다 해변에서 피어오르는 소금 굽는 불을 인가의 불빛으로 착각하고 가까이 오다가 암초에 부딪혔을 것이다. 이사쿠는 처음으로 맞이하는 뱃님을 보았다. 뱃님 기원 의식에서 임산부 구라가 맡았던 역할이 한몫했을지도 모른다고 생각했다.

환호성을 지르고 싶은 마음이 굴뚝같았으나 촌장을 비롯한 주위 사람들은 조용히 바다를 응시했다. 목 빠지게 기다리던 뱃님이 드디어 오셨는데도 좋아서 펄쩍펄쩍 뛰는 사람이 없었다. 이해하기 어려운 일이었다. 이사쿠는 꺼림칙한 눈빛으로 가만히 주변 사람들 얼굴을 관찰했다.

"돛 표식은?"

해변으로 달려온 남자들 가운데 누군가 날카로운 목소리로 말했다.

"그걸 알 수가 없어. 바람이 세고 돛도 세 개나 있는 데다 어둡기까지 해서 아무것도 보이지 않아."

가마솥 근처에서 초조해하는 목소리가 들렸다.

이사쿠는 마을 사람들이 왜 침묵했는지 그제야 이해할 수 있었다. 오히려 그걸 깨닫지 못한 자신이 부끄러웠다. 번 소속 배인지 상인의 배인지는 돛에 그려진 표식으로 식별할 수 있다. 마을 사람들이 애타게 기다리는 것은 상인의 배이며 그것은 마을 사람들에게 커다란 축복을 안겨줄 터였다. 하지만 번 소속 배라면 실려 있는 화물을 빼앗지도 못할뿐더러 마을 사람들에게 아무런 이득이 없다. 오히려 조금이라도 잘못 처리했다가는 가혹한 힐책을 당하고 큰 화를 부를 것이다.

"구라는 아직 멀었는가?"

촌장은 바람 때문에 호흡을 하기가 어려운지 시근시근 숨을 몰아쉬며 말했다.

"금방 도착할 겁니다."

옆에 서 있던 남자가 대답했다. 구라는 의식에 참여한 임산부라서 해변으로 불려 오는 중이다. 촌장은 눈앞의 배가 상인의 배이기를 간절히 바라며 구라에게 기도하라고 말할 것이다.

"왔다, 왔다."

사람들 목소리가 들렸다. 횃불을 손에 든 다키치와 구라가 촌장에게 다가왔다. 구라의 배는 크게 부풀었고 거동도 힘들어 보였다.

구라는 촌장에게 고개 숙여 인사한 뒤, 손으로 새끼줄을 받들고 파도가 밀려오는 물가로 가서 바다에 던졌다. 이사쿠 주위에서 불경을 외는 소리가 울려 퍼졌고 이사쿠도 마을 사람들처럼 합장했다.

마을 사람들은 초조한지 왔다 갔다 하며 바다를 바라보았다. 점점 심해지는 추위에 남자들은 두 개의 가마솥 아래에 번갈아가며 장작을 넣었다. 촌장의 지시에 따라 추가로 장작을 가져와서 새로 모닥불을 지폈고 마을 사람들은 그 주위를 에워쌌다.

바람이 잦아들고 새벽 기운이 감돌았다. 밤하늘이 살짝 푸르스름해지고 별빛도 희미해졌다. 마을 사람들은 바다에 시선을 고정하고 있었다. 서서히 바다에 뜬 배가 보이기 시작했다. 여기저기 흩어져 있는 암초 주변에서 물방울이 튀어 오르고 그중 한 암초에 박혀 밑바닥이 치켜올라간 배가 보였다.

배는 파도가 밀려들 때마다 살짝 흔들린다.

"200섬은 실려 있어."

"아니야, 300섬은 되는 거 같아."

남자들이 작은 소리로 이야기를 주고받는다. 돛이 낮게 내려져 있어 돛 표식이 보이지 않는다.

"화물이 가득해."

배에는 화물로 보이는 것이 한가득 실려 있다. 침몰할 위험에 처하면 배를 안정시키기 위해 짐을 버리는데 그런 상태가 되기 전에 불빛을 발견하고 뭍으로 배를 몰고 왔을 것이다.

하늘이 점차 밝아지면서 배의 윤곽이 드러났다. 돛 세 개가 바람에 펄럭인다.

"돛 표식이 보인다."

굵은 목소리가 들렸다.

이사쿠는 눈을 크게 떴다. 범포 위쪽에 표식 같은 것이 있다. 검은색 줄 두 개가 그어져 있는 듯하다.

"영주의 표식이 아니야. 상인의 배다."

울먹이는 남성의 목소리가 들렸다.

한순간 정적이 흐르다가 갑자기 마을 사람들 사이에서 환호성이 터져 나왔다. 번의 돛 표식은 보통 돛 중앙에 크게 그려져 있는데 지금 바다 위에서 기울어져가는 배의 돛 표식은 위쪽에 작게 그려져 있었다.

이사쿠도 환호를 질렀다.

동트기 전 해변에는 기쁨의 소리인지 울음소리인지 알 수 없는 소리로 가득 찼다. 미친놈처럼 뛰는 사람이 있는가 하면 하얀 눈을 집어던지며 사방팔방 뛰어다니는 사람도 있다.

등 뒤에서 울음소리가 들려 이사쿠는 뒤를 돌아보았다. 여자들이 서로 얼싸안고 어깨를 들썩거린다. 굶주림에 짓눌렸던 삶의 고통과 슬픔이 한꺼번에 터져 나오는지 격렬하게 울고 있다. 이사쿠 눈에도 눈물이 고였다. 아버지는 가족을 굶주림에서 구하기 위해 고용 하인으로 몸을 팔고 이사쿠와 어머니는 동생들의 생계를 책임지고 있다. 아버지가 있었다면 어린 막내 여동생이 죽지 않았을지도 모른다. 언제 왔는지 남동생 이소키치가 옆에서 바다를 바라보고 있었다.

"조용히 하거라."

촌장과 나란히 서 있던 키가 큰 노인이 날카롭게 말했다.

사람들의 움직임이 멈추고 이내 환호성과 울음소리도 잦아들었다.

"뱃님 안에 사람이 있다."

노인이 근엄한 목소리로 말했다.

깊은 침묵이 흘렀고 마을 사람들은 꼼짝도 하지 않고 서서 배가 있는 바다로 시선을 돌렸다. 날이 밝은 가운데 바다 위로 배 윗부분이 떠오른 상태였다. 돛대 아랫부분에 사람이 앉아 있었다. 기도라도 하고 있는지 얼굴은 뭍을 향하고 있었다.

"촌장님 분부에 따라 내가 모든 지시를 내리겠다. 진정하고 내가 말하는 대로 움직이거라. 먼저 감시자가 필요하다. 곤스케."

노인의 말에 한쪽 팔이 없는 남자가 불 가까이 나왔다.

"평소처럼 네가 감시를 담당한다. 너울곶과 까마귀곶으로 가라. 함께 감시할 세 사람은 네가 골라도 좋다. 실수는 용납하지 않는다."

노인의 매서운 시선이 곤스케를 향했다.

곤스케는 고개를 끄덕이고 마을 사람들을 둘러보다가 누군가에게 말했다.

"긴타, 이번에도 나를 도와주게나."

몸집이 작은 남자가 마을 사람들 속에서 나와 곤스케 옆에 섰다. 곤스케는 마을 사람들을 둘러보며 긴타와 작은 목소리로 대화를 나누더니 노인에게 다가가 무언가를 말했다.

"사헤이, 이사쿠. 젊은 너희들은 눈이 밝으니 곤스케와 긴타를 도와 망을 보거라."

노인이 말했다.

이사쿠는 실망했다. 난파된 배를 처리하는 작업을 맡고 싶었던 것이다. 간절히 기다리던 뱃님을 마을 사람들이 어떻게 대하는지 보고 힘을 보태고 싶었기에 더욱 속상했다.

이사쿠는 사헤이 뒤를 따라 곤스케에게 갔다.

"그럼 지금부터 작업을 시작한다. 밧줄을 최대한 많이 모아 와라. 그리고 도끼, 괭이, 나무망치도 가져오도록."

노인의 말에 마을 사람들은 서둘러 집에 돌아갔다. 노인은 허리에 차고 있던 수건으로 머리를 동여맸다.

곤스케는 이사쿠와 사헤이에게 무엇을 해야 하는지 설명했다. 바다에는 앞바다에 정박하기 위한 배와 해안선을 따라 항해하는 운송선이 다닌다. 만약 배에 탄 자들이 뱃님을 처리하는 마을 사람들을 본다면 선적물을 약탈했다는 사실이 발각되어 가혹한 처벌을 받는다. 감시자는 마을 동쪽에 돌출된 곶에서 바다를 감시하다가 배가 보이면 즉시 봉화를 올려 마을 사람에게 알린다. 그러면 촌장은 바로 작업을 중지시키게 되어 있다.

"내가 선택된 이유는 멀리 있는 것을 잘 보기 때문이다. 긴타도 눈이 좋아서 데려왔고. 중요한 역할이니 너희들도 마음 단단히 먹고 잘 감시하도록 해라."

곤스케는 진지한 표정으로 말했다. 긴타는 사헤이와 함께 서쪽에 있는 너울곶에서, 곤스케는 이사쿠와 함께 동쪽에 있는 까마귀곶에서 바다를 감시하게 되었다.

날이 밝자 눈 덮인 산 뒤로 해가 떠오르기 시작했다. 바람은 잦아들었지만 파도의 너울은 여전히 높다. 배는 이제 선명하게 보였다. 커다란 조종키가 부서지고 우현 난간은 부서져 유실되었는지 보이지 않았다. 돛대 옆에 남자 두 명이 앉아서 뭍을 향해 두 손 모아 기도하는 모습이 보였다.

이사쿠는 곤스케가 시키는 대로 집에 돌아가 볶은 콩을 가방에 넣고 복부에 동여맸다. 어머니는 촌장의 집에라도 갔는지 보이지 않는다. 여동생도 없었다.

이사쿠는 손도끼를 허리춤에 차고 서둘러 길을 나섰다. 산길 초입에서 도끼를 어깨에 멘 곤스케가 기다리고 있었다. 둘은 눈 덮인 산길을 헤치고 바위가 많은 비탈길을 따라 올라갔다. 까마귀 우는 소리가 커졌고 나뭇가지에서 날개를 쉬고 휴식을 취하는 새도 몇 마리 보였다. 곤스케는 걸음이 빨라서 그를 쫓아가는 이사쿠의 몸에서 땀이 흥건히 배어 나왔다.

반각쯤 지나서야 겨우 곶에 도착했다. 이사쿠는 난생처음 와보는 장소였다. 곤스케는 눈을 헤치며 키 작은 나무 사이를 누비듯이 나아갔다. 아래쪽에서는 파도가 부서지는 소리가 요란하게 들렸다.

숲이 끝나고 평지가 나왔다. 이사쿠는 눈이 휘둥그레졌다. 앞쪽에 광대한 바다가 펼쳐져 있었다. 거기는 곶 끝자락인데 왼쪽 아래로 마을과 만이 내려다보였다. 만에 있는 암초에서는 바닷물이 하얗게 거품을 일으키고 좌초된 배가 보였다. 정찰하기에 최적의 장소였다. 만을 사이에 두고 눈 덮인 너울곶이 바다 쪽으로 튀어나와 있다. 긴타와 함께 곶 끝을 향해 바삐 달려가는 사헤이의 모습이 눈에 선했다.

"고목과 잔가지를 모아라."

곤스케가 빠른 어조로 말했다.

이사쿠는 곤스케를 따라 숲으로 들어가서 널브러진 고목을 끌어오고 마른 가지를 묶어 곶 끝으로 날랐다. 그사이에 곤스케는 도끼로 나무줄기에서 껍질을 벗겨내고 있었다.

곤스케는 불을 피웠다. 마른 나무가 타기 시작하자 장작을 더 넣었다. 이사쿠는 도끼로 고목을 쪼갰다.

"나무껍질에 눈을 얹어 불에 태우면 연기가 피어올라. 바다를 잘 지켜보고 있다가 신호를 보내야 해."

곤스케는 불의 세기를 조절하면서 말했다.

이사쿠는 바다를 둘러보았다. 햇빛에 반짝이는 바다에는 새 한 마리 날아다니지 않았고 하늘은 맑았다.

차가운 바닷바람에 얼굴이 굳어버렸다.

이사쿠는 모닥불 가까이 다가가면서도 시선은 바다에서 떼지 않았다.

"시작되었구나."

곤스케의 말을 듣고 이사쿠는 만을 내려다보았다.

해안에서 작은 배 여러 척이 나와서 좌초된 배를 향해 나아간다. 바닷가에는 사람들이 모여 있었다.

"바다에 집중해."

곤스케는 다그치듯 말했지만, 정작 자신도 만을 바라보고 있었다.

잠시 후 작은 배들이 좌초된 배를 둘러쌌다. 마치 큰 곤충을 에워싼 개미 떼 같았다. 뱃님 옆에 작은 배 여러 척이 멈추더니 마을 사람들이 배를 옮겨 타는 모습이 보였다. 그들은 배에 탄 사람들에게 고함치며 겁을 주고 있겠지만 햇빛이 비치는 만은 몹시도 평온하게 느껴졌다.

이사쿠는 바다에 시선을 고정하면서도 이따금 만을 내려다보았다. 작은 배들은 한동안 멈춰 서 있다 곧 좌초된 배에서 가져온 짐을 싣고 뭍으로 돌아오기 시작했다. 움직임은 점점 활기를 띠었고 작은 배들은 해변과 좌초선을 바삐 오갔다.

축 처진 돛이 내려갔고, 돛대는 잘려 나가 수면에 떨어져 물보라를 일으켰다. 작은 배들이 돛대 쪽으로 접근해 그것을 해안으로 끌고 간다. 바닷가에는 배에서 가져온 화물들이 쌓여 있는데 쌀가마니처럼 보였다.

이사쿠는 허기가 져서 봉지에서 볶은 콩을 꺼내 입 안에 넣었다.

"짐이 많이 실려 있군. 훌륭한 뱃님이다."

만을 내려다보던 곤스케가 떨리는 목소리로 말했다.

"지금까지 온 뱃님과 비교했을 때 화물이 많은 편인가요?"

이사쿠가 물었다.

"더 큰 배가 온 적도 있지만, 이 정도로 화물이 많이 실린 배는 흔하지 않지. 바닷가에 저만큼이나 짐이 쌓여 있는데도 아직도 배에서 짐을 내리고 있잖아."

곤스케는 눈을 반짝였다.

뱃님이 오실 때마다 곶에 올라 주변을 정찰하며 만을 내려다보았기에 곤스케의 판단은 틀리지 않을 것이다. 드물 정도로 짐이 많이 실려 있다는 말에 이사쿠는 더욱 가슴이 뛰었다.

"어떤 물건이 있을까요?"

이사쿠는 곤스케의 얼굴을 살폈다.

"우선은 쌀이 있겠고 콩, 면, 사기그릇, 담배, 종이, 기름, 설탕 따위를 싣고 다닐 때도 있지. 술이 스무 통이나 실린 뱃님도 있었다니까."

곤스케는 부러진 이를 드러내며 웃었다.

해가 기울 무렵에야 화물을 다 내렸는지 작은 배들의 움직임이 멈췄다. 지금은 바닷가로 옮긴 화물을 다시 촌장의 집으로 운반하는 것 같았다.

마을 뒷산에 쌓인 눈이 보랏빛을 띠다가 이윽고 저녁 노을빛으로 물들었다. 해변에서 타오르는 불길에서 섬광이 번쩍였고 마을은 어둠 속으로 가라앉았다.

이사쿠는 곤스케와 힘을 합쳐 큰 바위 그늘에 쌓인 눈에 구덩이를 파고 안에는 마른 잎과 풀을 깔았다. 그리고 구덩이 위에 가지를 교차해서 놓고 나무껍질을 올린 다음 곤스케와 등을 딱 붙이고 누웠다.

처음에는 너무 추웠으나 차츰 따뜻함이 더해졌다. 곤스케는 코를 골면서 잠을 잤다.

이사쿠는 어둠 속에서 눈을 뜨고 누워 있었다. 뱃님 안에 실려 있던 화물은 촌장의 지시로 인원수에 따라 각 가정에 균등하게 분배된다고 한다. 주된 화물은 쌀가마니가 분명하고 쌀을 먹는다 생각하니 기쁨이 솟아올랐다. 쌀이 뭔지도 모르는 동생들이 그것을 죽으로 만들어 후루룩 마시는 모습을 떠올렸다. 그들은 달콤한 흰죽 맛에 홀랑 빠져버릴 것이다.

확실히 곤스케 말대로 해변에 쌓인 화물이 많으니 그만큼 각자의 집에 분배되는 식량과 물품도 많을 것이다. 꽁치는 팔리지 않고 문어도 잡히지 않아 곡식을 거의 구할 수 없었던 마을 사람들은 뱃님이 오면서 굶주림의 공포에서 해방되었다. 아마 이삼년은 이 은혜를 누리며 살아갈 수 있으리라. 고용 하인으로 몸을 파는 사람도 없을 테고 한동안은 평온한 생활을 이어갈 수 있다. 다미도 집에 머물고 다키치도 태어난 아이의 아버지 역할을 다하며 고기잡이에 힘쓸 수 있다.

이사쿠는 가슴 앞으로 두 손을 모았다. 뱃님의 방문은 신불의 힘 덕분이기에 진심으로 감사드리고 싶었다.

곶 아래쪽에서 부서지는 파도 소리가 땅속 깊은 데서 울려 퍼지는 것 같다. 그 소리를 듣다가 어느새 잠이 들었다.

누군가 어깨를 흔들자 이사쿠는 잠에서 깼다. 곤스케였다.

곤스케는 손을 뻗어 위쪽 가지와 나무껍질을 치웠다. 갑자기 온몸에 냉기가 돌았다. 밤하늘에는 여전히 별이 가득했으나 그 빛은 희미해지고 있었다.

이사쿠는 구덩이에서 기어 나왔다. 곤스케가 죽어가는 모닥불 불씨에 입으로 바람을 불어 넣자 바로 마른 가지가 터지는 소리를 내며 타오르기 시작했다.

이사쿠는 불 앞에 쪼그리고 앉아서 바다를 주시했다. 새벽 기운이 감도는 바다는 고요했다. 만을 내려다보니 작업이 이미 시작되었는지 작은 배에 걸린 횃불이 바다 위에서 움직이고 좌초된 배 위에서 오가는 불빛도 여럿이다.

곤스케가 소금에 절인 꽁치 두 마리를 불에 구워서 한 마리 건네주었다. 기름기가 배어 나오는 뜨거운 생선 살을 볶은 콩과 함께 먹으니 꽁치의 짠맛이 중화되어 매우 맛있다.

동이 트고 아침 햇살이 바다에 뿌려졌다. 좌초된 배 주위에는 끊임없이 물보라가 튄다. 배 밖으로 목재와 판자 조각이 던져졌다.

"뱃님을 부수는 건가요?"

이사쿠는 집중해서 쳐다보았다.

"뱃님은 좋은 목재로 만들었거든. 거기서 나온 목재라면 어디에나 사용할 수 있어. 못이랑 꺾쇠도 나오고. 그뿐만이 아니야. 뱃님 안에 있는 주방에는 냄비, 솥, 부엌칼, 통, 궤짝 같은 도구도 있고 서랍장이나 큰 궤가 실려 있을 때도 있어."

곤스케는 들뜬 목소리로 말했다.

이사쿠는 그제야 부촌장 노인이 톱, 도끼, 나무망치를 준비하라고 한 이유를 알 수 있었다. 사람들은 배를 분해한 다음 배에서 나온 목재는 바다로 던졌다.

바다에 던져진 목재는 작은 배에 실려 뭍으로 운반되었다. 사람들은 그것을 짊어지고 뒷산 숲으로 옮겨놓았다.

바다는 온통 잠잠했다. 이사쿠는 곤스케와 함께 바다를 꼼꼼히 살폈으나 배는 그림자도 보이지 않는다. 동쪽에서 무리를 이루어 춤을 추는 바닷새들은 마치 눈송이처럼 보였고 그 부근 물속에 물고기 떼가 있는지 햇빛에 반사되어 반짝였다. 반대편에 있는 너울곶에서도 연기는 피어오르지 않는다.

좌초된 배 옆에서 출발한 작은 배 두 척이 이사쿠 일행이 있는 곳 쪽으로 다가왔다.

"부처를 나르고 있군."

곤스케가 말했다.

이사쿠는 유심히 보았다. 배 안에는 멍석으로 덮은 물건이 실려 있는 듯했다. 잠시 후 작은 배 두 척은 거의 동시에 곶 아래로 사라졌다.

좌초된 배 주위에서는 맹렬한 물보라가 일었고 선체는 원래 형태를 알아보기 힘들 정도였다. 작업에 속도가 붙었는지 부서진 조종키가 있는 배 뒷부분은 이미 사라졌다. 작은 배 한 척은 돛을 나르고 있었다.

정오가 지났을 무렵 암초에는 배 밑바닥만 남아 있었다. 암초에 올라가 작업하는 사람들 모습도 보인다. 이사쿠는 일하는 속도에 감탄했다.

배 바닥에 깔린 것으로 보이는 판자를 잡아당기자 배가 갈라지면서 수면 위로 떠올랐고 판자는 해변으로 운반되었다. 암초가 흩어져 있는 만에서 이제 좌초선은 흔적도 없이 사라지고 잔잔한 바다가 펼쳐졌다.

"망을 볼 때 이쪽으로 다가오는 배를 본 적이 있어요?"

이사쿠는 힘 빠진 목소리로 물었다.

"있고말고. 하루에 두 척이나 왔었지."

곤스케는 바다를 둘러보았다.

바닷가에서는 연기가 솟아올랐다.

"작업이 끝났다는 신호다. 우리 역할도 여기까지야."

곤스케는 모닥불에 눈을 던지면서 말했다.

"자, 마을로 돌아가자. 어떤 물건이 들어왔는지 궁금하군.

필시 엄청난 물건이 기다리고 있을 거야.”

곤스케는 도끼를 짊어졌다.

이사쿠는 숲으로 들어가는 곤스케를 뒤따랐다. 빠르게 걸어가는 곤스케에게 바싹 붙어 나무 사이를 누비듯이 나아갔다. 환희가 가슴에 가득 차올라 마치 다리가 공중에 붕 떠 있는 듯했다. 어머니와 이소키치도 마을 사람들과 함께 일했을 것이다.

이사쿠는 기쁨과 환희로 들끓는 마을로 얼른 가고 싶었다.

곤스케는 산길이 나오자 도끼를 등에 멘 채 눈을 발로 걷어차면서 달려갔고 이사쿠도 뒤를 따라갔다. 한시라도 빨리 뱃님이 베푼 은혜를 확인하고 싶었다.

나무가 우거진 숲을 빠져나오자 오른쪽으로 바닷가가 내려다보였다. 기쁨에 겨워 춤추고 있을 마을 사람들 모습을 상상했는데, 사람들은 파도가 밀려오는 바닷가에 모여 꼼짝도 하지 않고 서 있었다. 뜻밖의 광경에 잠시 주춤했다가 계속 달리는 곤스케를 보고 이사쿠도 다시 걸음을 재촉했다.

곤스케가 산길을 내려가 바닷가에 발을 내디뎠다. 이사쿠는 숨을 헐떡이며 마을 사람들에게 다가갔다.

마을 사람들은 촌장을 에워싼 채로 바다를 향해 합장하고 있었다. 이사쿠는 그제야 사람들이 바다에 감사 기도를 올리고 있음을 깨달았다.

촌장이 기도를 마치자 옆에 서 있던 부촌장 노인이 이쪽을 보고 힘 있는 목소리로 말했다.

"일은 수월하게 끝났다. 촌장님은 너희들이 열심히 작업해 주어 매우 기뻐하고 계신다. 오늘은 몸가짐을 조심하고 집에서 조상님들의 영혼에 기도하며 보내거라. 뱃님께 받은 은혜는 내일 아침에 분배하겠다."

촌장이 해변을 떠나자 사람들도 자리를 떴다. 이사쿠는 곤스케에게 이끌려 노인에게 갔다.

곤스케가 다가오는 배는 없었다고 보고하자 노인은 "좋아"하고 말했다.

이사쿠는 노인에게 깊이 고개 숙여 인사한 뒤 집 쪽으로 걸어갔다. 마을로 향하는 사람들은 아무 말도 하지 않았지만 눈은 밝게 빛나고 있었다. 이를 드러내며 웃는 사람도 있었다.

집에 도착해서 거적문을 걷고 토방에 들어가자, 조상님의 위패 앞에서 손을 모으고 기도하던 어머니가 뒤를 돌아보았다. 어머니의 얼굴은 벌겋게 상기돼 있었고 입가에서는 미소가 새어 나왔다. 이토록 기쁜 표정을 짓는 어머니를 이제껏 본 적이 없었기에 어머니가 마치 다른 사람이 된 것 같았다.

이사쿠는 마루로 올라가 위패 앞에서 손을 모으고 기도한 뒤 화롯가에 앉았다. 다시금 기쁨이 차올랐다. 일어서서 집 안 곳곳을 덩실덩실 춤추며 돌아다니고 싶을 정도였다. 해가 기울기 시작했는지 기온이 떨어졌다.

어머니가 메밀을 넣은 냄비를 불에 올리고 소금에 절인 꽁치를 화롯가로 가져왔다. 평소에 먹던 저녁 식사보다 풍성했다.

"뱃님에는 뭐가 실려 있었어요?"

이사쿠는 화로 앞에 쭈그리고 앉아 있는 어머니에게 말을 걸었다.

"쌀. 엄청난 양이었어."

어머니는 노래를 부르듯이 말했다.

"또 뭐가 있었어요?"

"목화솜도 있었고 씨에서 짜낸 기름도 있었어. 초, 차, 술 그리고 간장, 식초, 골풀로 만든 돗자리. 뭐니 뭐니 해도 쌀이 최고였지. 이번 뱃님은 쌀 배야."

어머니의 목소리는 들떠 있었다.

'이 얼마나 행복한 날인가' 하고 이사쿠는 생각했다. 평소와 달리 수다스러운 어머니를 보는 것만으로도 즐거웠다. 어머니의 기쁨이 이사쿠 자신한테까지 전해져 왔다. 동생들도 그랬는지 얼굴이 미소로 가득했다.

메밀이 끓는 물에서 춤을 추자 어머니는 채소와 미역을 넣었다. 집 안이 어두워졌고 어머니와 동생들의 얼굴이 화롯불에 붉게 빛났다. 화로에 세워둔 꽁치 꼬치에서 연기가 피어오르기 시작했다. 어머니는 그릇에 죽을 담아 이사쿠, 남동생,

여동생 순서로 건넨 다음 자신도 그릇을 손에 들었다.

이사쿠는 꽁치를 먹으며 야채 죽을 홀짝홀짝 마셨다. 내일은 쌀이 들어간 죽을 먹을 수 있다. 동생들이 쌀죽을 먹는 모습을 생각하니 뛸 듯이 기뻤다.

"앞으로 1년 조금 넘게 남았어."

어머니가 그릇을 손에 들고 속삭였다.

이사쿠는 무슨 말인지 몰라 갸우뚱했다가 꿈이라도 꾸는 사람처럼 반짝이는 어머니의 눈빛을 보고 어머니가 아버지를 떠올렸다는 것을 알았다. 내후년 겨울이면 아버지의 계약 기간이 만료된다. 아직 뱃님의 은덕이 남아 있을 때이기에 아버지가 돌아와서도 마음 편하게 지낼 수 있다. 만일 가족이 굶주림에 시달리고 있다면 아버지는 다시 고용 하인으로 일하러 가야겠다고 생각할지 모른다. 하지만 이제 그런 두려움은 사라졌다.

어머니는 동생들 밥그릇에 죽을 또 한 번 담아주고 인자한 표정으로 젓가락질을 했다.

식사를 마친 지 얼마 지나지 않아 어머니는 꾸벅꾸벅 조는 여동생을 안아서 거적 이부자리 속으로 데리고 들어갔고 남동생도 방 가장자리에 몸을 뉘었다.

"불상은 몇 개나 있었어요?"

이사쿠는 곶에서 내려다본 작은 배 두 척을 떠올리며 물었다.

뜨거운 물을 마시던 어머니가 고개를 들고 조용히 말했다.

"바다에 빠져 죽은 사람이 세 명, 배 안에는 부상당한 남자까지 합해서 네 명 있었는데 한 명도 남김없이 때려죽였다."

"반항하지 않았어요?"

이사쿠는 화롯불에 비치는 어머니의 표정을 살폈다.

"처음부터 반항할 기색은 없었고 목숨을 구걸했다더라."

어머니는 담담하게 말했다.

아마 선원들은 부처님의 가호가 있기를 바라며 상투도 베어냈을 것이다. 긴 머리를 풀어헤친 선원들이 무릎을 꿇은 채, 마을 사람들에게 두 손 모아 목숨을 구걸하는 모습이 눈에 선했다.

"정 같은 것에 이끌려서는 안 된다. 그들을 한 명이라도 살려두었다가는 마을에 재앙이 닥칠 것이야. 우리 선조들은 이들을 때려죽이기로 결정하셨고, 마을은 지금까지도 선조들의 결정을 따르고 있어. 마을의 관례는 반드시 지켜야 해."

어머니의 눈에 험악한 빛이 떠올랐다.

이사쿠는 진지한 표정으로 고개를 끄덕였다.

다음 날 바다는 거칠었다. 사납게 밀려드는 파도 소리가 요란하게 울려 퍼지고 거센 바람에 거적문이 펄럭였다.

파도가 부서져 물보라가 쏟아지는 길을 지나 이사쿠와 어머니는 촌장의 집으로 향했다. 가는 도중에 마주친 사람들은 기쁨을 주체하지 못하겠다는 표정을 지었다.

촌장의 집은 어디 할 것 없이 사람으로 북적거렸다. 속닥거리는 사람들 눈은 밝게 빛났고 목소리는 들떠 있었다. 집 안에서는 마을 활동을 추진하는 유지들이 마루에 겨릅대로 만든 막대를 늘어놓고 계산하고 있었다. 그날은 우선 쌀을 분배하기로 되어 있었다.

구부정하게 앉아 막대를 세던 남자들이 고개를 들었고 그중 한 사람이 촌장 앞에 엎드려 절하고 무슨 말을 했다. 촌장은 여러 번 고개를 끄덕였다. 옆에 앉아 있던 부촌장 노인이 일어섰다. 마을 사람들 목소리가 잠잠해지고 일제히 노인에게 시선이 향했다.

"뱃님이 실어 온 쌀은 전부 323섬."

노인의 발표에 마을 사람들이 일제히 동요했다. 상상 이상으로 많은 양에 이사쿠는 가슴이 뜨거워졌다.

"남자와 여자는 한 사람당 석 섬, 어린아이는 한 섬. 남은 마흔아홉 섬은 저장미로 촌장님이 보관한다."

마을 사람들은 흥분을 감추지 못하고 기쁨의 말을 주고받으며 촌장에게 깊이 고개를 숙였다.

촌장도 부촌장도 미소 지었다. 이사쿠는 어머니와 마을 사람들 눈에 맺힌 눈물을 보았다. 한 사람당이라고 할 때 한 사람이란 열 살이 넘은 사람을 의미한다. 어머니와 자신이 거기에 해당한다. 이사쿠는 분배될 쌀가마니를 손가락으로 세어보고 자신의 집에는 쌀 여덟 섬이 분배된다는 사실을 깨달았다.

"여덟 섬이나 받을 수 있어?"

그는 옆에 서 있는 어머니에게 흥분한 목소리로 말했다.

"여덟 섬."

어머니는 흐느끼면서 말하고 이사쿠의 얼굴을 바라보았다. 눈에 눈물이 고여 뺨을 타고 내려왔다. 오열하지 않으려고 참기라도 하는지 얼굴이 일그러졌다.

고용 하인으로 일하러 간 사람들이 돌아오면 촌장이 저장미에서 적정한 양의 쌀을 내어준다. 내후년 봄에 돌아올 아버지 몫까지 합치면 쌀의 양은 더욱 많아진다.

촌장이 일어서자 부촌장도 따라 일어섰다. 이사쿠와 마을 사람들은 촌장을 따라 집 뒤편으로 나갔다.

사람들은 쌀가마니를 곳간에 다 들이지 못하고 멍석 위에 쌓아두었다. 이사쿠는 눈부시게 아름다운 광경을 마주하는 것처럼 사람들 어깨너머로 쌀가마니를 구경했다.

노인의 지시로 사내들이 가구별로 쌀가마니를 분배했다. 겨릅대를 든 남자가 가마니 수를 확인하고 막대기를 올린다. 노인의 입에서 이사쿠의 이름이 흘러나오자 쌀 여덟 섬이 땅에 놓였고 거기에 긴 막대가 두 개, 짧은 막대가 두 개 놓였다.

짧은 막대는 동생들 수를 나타낸다. 이사쿠는 여동생 데루가 죽지 않았더라면 짧은 막대가 하나 더 추가되었을 텐데 하고 생각했다.

분배가 끝나자 마을 사람들은 촌장 앞에 엎드려 절을 올리고 감사의 말을 전했다. 합장하는 사람도 많았다.

노인이 목청을 높여 말했다.

"쌀은 조금씩 아껴 먹거라. 뱃님이 언제 또 오실지 알 수 없다. 앞으로 몇 년 동안 안 오실 수도 있다. 그러니 쌀에 맛을 들이면 천벌을 받을 것이다. 남자들은 지금까지 그래왔듯이 고기를 잡으러 나가고 여자들은 갯바위에서 조개를 캐거라."

마을 사람들은 다시 한 번 머리를 깊게 숙였다.

그들은 일어서서 자기네 쌀가마 앞에 섰다. 산처럼 쌓인 쌀가마가 열여섯 더미로 나뉘어 있었다.

남자들은 쌀가마니를 메고 마을 길 쪽으로 나아갔다.

"너는 못 들어."

어머니가 말했다.

이사쿠는 가마니에 있는 줄에 손을 걸어보았지만 겨우 허리께까지 들어 올릴 수 있을 뿐이었다. 쌀은 생각보다 훨씬 무거웠다.

"못난 놈"

말은 이렇게 했지만 어머니 얼굴은 웃고 있었다. 어머니는 가마니에 손을 얹어 들어 올리더니 어깨에 메고 허리를 살짝 흔들며 길 쪽으로 나갔다.

이사쿠는 얼굴이 벌게졌다. 집안의 생계를 책임진다면서 쌀가마니도 못 드는 자신이 한심했다. 고기잡이에 익숙해졌다고는 해도 아직 반쪽짜리 사내에 불과한 것 같아서 위축되었다. 이사쿠는 다시 쌀가마니를 묶은 줄에 손을 걸어보았지만 역시나 들어 올리지 못했다.

어머니는 여러 차례 짐을 날랐다. 쌀가마니는 판자를 늘어놓은 토방에 쌓아두었다. 쌀가마니를 다 옮기고 나서 어머니는 물 마시고 땀 닦으며 휴식을 취했다. 그리고 가마니에서 쌀을 목기 한 공기만큼 담아 위패 앞에 올려놓았다. 이사쿠는 어머니를 따라 합장했다.

저녁 무렵, 어머니는 기도할 때 올린 쌀을 냄비에 넣고 끓였다. 기억 속에 남아 있던 쌀 익는 냄새가 그저 좋기만 해서 이사쿠는 하얗게 끓는 냄비 속의 국물을 바라보았다. 쌀알이 부풀어 위아래로 흐트러졌다. 어머니는 그릇에 죽을 담아 주었다. 죽을 먹으니 황홀하다 못해 취하는 기분마저 들었다. 풍부하고 기품 있는 맛으로, 몸에 활력이 솟는다. 말없이 먹고 있는 동생들 눈에도 놀란 기색이 역력했다.

구라의 아버지가 데리러 와서 어머니는 다키치네 집으로 갔다. 임산부로서 뱃님이 오시기를 기원하는 역할을 맡았던 구라는 덕분에 소원이 이루어졌다며 마을 사람들의 축복을 받았고 축하 잔치가 다키치 집에서도 열렸다.

얼마 지나지 않아 어머니가 기분 좋은 얼굴로 집에 돌아왔다.

"대단하다니까. 촌장님이 쌀 석 섬에다가 술까지 보내주셨어. 상을 잘 걷어차서 뱃님이 오신 거라고 말씀하셨대."

어머니는 술을 마셨는지 항아리에서 물을 맛있게 퍼마시며 숨을 크게 몰아쉬었다.

밀어닥치는 파도의 굉음에도 아랑곳하지 않고 온 마을은 흥에 겨워 들썩였다.

이사쿠는 이소키치 옆에 몸을 뉘었다.

다음 날에도 먹을거리를 비롯한 물품이 분배되었다. 씨기름, 간장, 식초, 술 등을 머릿수대로 분배했고 사람들은 항아리와 통에 담아 가져갔다. 초와 차의 절반에 해당하는 양은 촌장 집에 보관하기로 했고 골풀로 만든 돗자리도 창고에 보관했다.

그날 밤 해변에서는 소금 가마솥에 불을 지폈다. 촌장은 마을 사람들이 풍성한 먹을거리와 물품에 취해 나태해지면 안 된다며 일상으로 돌아가라고 지시하였다. 소금 굽기도 이러한 깊은 뜻에서 우러나온 지시였다. 나아가 사람들은 또다시 뱃님이 찾아오기를 바랐다.

남자들은 다시 바다가 잔잔한 날에 고기를 잡으러 나갔는데 바다에서 만난 사람들의 얼굴은 밝았다. 괜히 손을 흔들거나 웃으면서 다가오는 사람도 있었다.

이사쿠도 이소키치와 함께 바다에 나갔는데 토방에 쌓인 쌀가마와 다양한 물건들이 눈앞에 아른아른하여 저절로 미소가 새어 나왔다. 낚싯줄이 끊어졌는데도 모르고 있다가 물고기가 먹이를 채 가는 것을 구경만 하기도 했다. 당분간 식량에는 문제가 없을 거라 잔챙이라도 잡으려 하던 간절함은 사라졌다.

갯바위에서 조개를 잡고 해초를 캐는 여자들도 일하는 시간보다는 수다를 떨며 보내는 시간이 더 많은 것 같았다. 때때로 까르르 웃는 소리가 바다에 띄운 배까지 들려왔다.

이사쿠는 차례가 오자 소금 굽는 불을 지키러 나갔다. 뱃님이 왔고 앞으로도 올 것이다. 마을 사람들의 헛된 꿈에 불과하다고 생각했는데 이제는 뱃님이 실재한다는 것을 알았다. 소금 굽는 사람의 역할이 얼마나 중요한지 깊이 이해하고 나니 자신이 당번일 때 뱃님을 만나기를 바랐다.

한 해가 가고 새해가 찾아왔다. 이사쿠는 열한 살이 되었다.

새해 첫날부터 닷새 동안 집 밖을 나가지 않는 이미고모리 의식이 시작되어 이사쿠도 고기를 잡으러 나가지 않았고, 어머니도 조용히 집에서 머물렀다. 물살은 기칠었고 눈보라가 휘몰아쳤다.

이미고모리 의식이 끝나는 엿새째 되는 날, 파도의 너울은 여전히 높았으나 날씨는 화창했고 바람도 잠잠해졌다. 어머니는 솥에 쌀을 넉넉히 넣고 끓였다. 오징어를 불에 굽고 문어 초절임도 그릇에 담았다.

이사쿠는 쌀알이 많이 들어 있는 죽을 후루룩 마시고 오징어를 씹었다. 한 번도 먹어본 적 없는 설날다운 아침 식사였다.

식사를 마친 후에는 마을 사람들과 함께 성묘에 나섰다. 눈이 많이 쌓여서 허리까지 파묻힐 지경이었다. 여동생을 등에 업은 어머니와 마을 사람들은 묘지에 다다르자 무덤에 쌓인 눈을 치우고 쌀알을 몇 알씩 묘석에 올리고 합장했다.

마을 사람들은 눈길을 따라 돌아오면서 촌장 집으로 향했다. 하늘은 파랗고 눈은 반짝반짝 빛나고 있다. 이사쿠와 어머니는 마을 사람들을 만날 때마다 인사를 주고받았다.

촌장의 집 토방에 들어가는데 집 안에서 촌장을 중심으로 마을 유지 세 명이 술을 마시고 있었다. 이사쿠와 마을 사람들이 고개 숙여 새해 인사를 올리자 촌장은 온화한 미소를 지으며 고개를 끄덕였다.

집으로 돌아오자 어머니가 항아리에 담아둔 술을 그릇에 퍼 주었다. 입에 머금자 좋은 향이 입안을 맴돌았다.

어머니도 한 모금 마셨다.

"좋은 술이구나. 이렇게 고급스러운 술은 마셔본 적이 없어. 쌀로 빚은 술은 역시 다르네."

감탄을 금할 수 없다는 듯 고개를 가로저었다.

향이 진한 술을 마시니 금방 몸이 뜨거워졌다. 절로 기분이
들떴다.

"내년 봄이에요. 아버지가 돌아오시는 게…… 건강하게 돌
아오시면 좋겠는데 말이죠."

이사쿠가 어머니에게 말했다.

"바보 같은 놈. 당연히 건강하게 돌아오시고말고. 아버지
는 보통 사내하고는 달라. 아프거나 앓아누울 인물이 아니란
말이다."

어머니가 이사쿠를 쳐다보며 언성을 높였다.

이사쿠는 술을 입에 머금었다. 아버지가 돌아올 때까지 능
숙한 어부가 되었으면 좋겠다. 힘도 길러 쌀가마니도 쉽게 들
어 올릴 수 있는 남자가 되어야 한다고 다짐했다.

술기운이 돌자 눈앞이 흔들리기 시작했다. 이사쿠는 단숨
에 술잔을 비우고 비틀거리며 잠자리로 다가가 벌렁 드러누
웠다. 곧바로 곯아떨어졌다.

눈을 떠보니 집 안은 어두워져 있었다. 죽 끓이는 냄새가
진동하고 화롯가에 앉아 있는 동생들 모습이 보였다.

어머니는 위패 앞으로 가서 등잔 안에서 불룩 튀어나온 심
지에 불을 붙였다. 일제히 일어선 동생들이 등잔 가까이 다가

가 불빛을 구경했다. 밝은 빛이었다. 이사쿠는 몸을 반쯤 일으켜 그 빛을 바라보았다. 등잔불이 깜빡이고 연기가 옅게 피어올랐다. 동생들 눈에 반사된 불빛이 반짝였다.

연초가 지났음에도 마을 분위기는 변함없이 들떠 있었다.

남자들은 이웃 집에 모여 가져온 술을 마시고 여자들은 차를 마시며 흥겹게 이야기를 나누는 하루하루가 이어졌다. 백설탕을 먹은 노인이 언제 죽어도 여한이 없다고 눈물을 흘리며 기뻐했다는 이야기도 전해졌다.

어머니는 다른 집에서 쌀밥을 지어 먹었다는 말을 들을 때마다 고개를 저으며 얼굴을 찌푸렸다.

"어떤 물건이든 언젠가는 없어지게 마련이야. 풍족한 때에 정신을 바짝 차리지 않으면 반드시 눈물 날 일이 생겨."

어머니는 자신에게 말하듯이 중얼거렸고 쌀을 먹을 때도 밥이 아닌 죽을 만들어서 자식들에게 내주었다.

파도가 잔잔한 날에도 항해하는 배를 보기 힘들어졌다. 쌀은 연말에 대부분 운송을 마쳤으며 거친 바람과 파도를 뚫고 항해하는 배는 드물기 때문이다. 새해가 지나고 얼마 안 되었을 때 큰 배 한 척이 지나갔다. 번 소속 표식이 돛 중앙에 그려진 배로 파도를 타고 오르락내리락하면서 곶 뒤편으로 사라졌다.

1월 말, 구라가 여자아이를 낳았다. 남자아이를 바랐던 다키치는 낙담했지만 촌장이 쌀과 술을 내리고 다마라는 이름도 지어주니 그제야 마음이 누그러진 듯했다.

이사쿠는 쌀 한 줌을 그릇에 담아서 들고 어머니와 함께 다키치의 집으로 갔다. 집 현관에는 금줄이 걸려 있고 촌장이 빌려준 골풀 돗자리에 구라가 누워 있었다. 갓난아기는 구라 옆에서 잠들어 있었다. 갓난아기 앞에는 공물이 놓여 있었는데 어머니도 거기에 준비한 그릇을 놓고 손을 모아 기도했다. 죽은 조상의 영혼이 바다 저편에서 돌아와 마을 여자의 몸에 머문다고 한다. 구라가 낳은 여자아이는 마을로 돌아온 조상의 환생이므로 가족들이 모여서 공물을 바친다.

이사쿠와 어머니는 친척들이 모여 있는 화롯가에 앉았다. 서로 축하 인사를 주고받은 뒤 함께 술잔을 기울였다. 어머니는 1년 전에 죽은 데루가 떠오르는지 갓난아기에게서 시선을 떼지 못했다. 영혼이 돌아오는 데에는 꽤 오랜 세월이 필요하다고 하니 데루는 지금 죽음이라는 안식의 시간에 몸을 맡기고 있을 것이다.

친척들은 임신한 구라가 기원하였기에 뱃님이 왔다며 태어난 아이에게 촌장이 이름을 지어준 것을 두고 자기 일처럼 기뻐했다.

"뱃님에게 쌀을 얻고 나서 태어난 다마는 행복한 아이구나. 쌀을 먹고 자라면 병치레 없이 건강하게 자랄 거야."

어느 친척이 말하자 다른 사람들도 고개를 끄덕였다. 누워 있는 구라는 행복한지 입가에 한가득 미소를 짓고 있었다.

소금 굽기는 계속되었고 이사쿠도 눈보라 치는 밤을 바닷가에서 보냈다. 날이 밝아서 불을 끄면 여자들이 통을 메고 해변으로 내려왔다. 그중에는 다미도 있었다.

이사쿠는 솥 안에 들어 있는 소금을 통에 담는 여자들을 바라보았다. 자연히 시선이 다미의 몸으로 향했다. 얼굴이 갸름해지고 키도 커진 것 같다. 가냘픈 몸이지만 하체는 풍만해졌다. 갑자기 몸에서 여성미가 물씬 풍기는 듯했다.

이사쿠는 숨이 막혔다. 다키치가 산에서 구라와 야합했다는데 자신도 그러한 기회를 얻을 수 있기를 바랐다. 하지만 다미는 근처에도 다가가기 힘든 존재로 느껴져서 설령 산길에서 마주친다 해도 서로 말도 걸지 못할 것 같았다.

다미가 소금을 채운 통을 멜대에 걸고 눈길을 밟아 촌장의 집을 향해 걸어간다. 이사쿠는 임시 오두막 안에 피웠던 모닥불을 끄고 집으로 향했다.

항해하는 배가 없으니 소금을 굽는 일도 의미가 없었다. 마을은 깊은 눈에 파묻혔다. 이사쿠와 가족들은 혹독한 추위를 견디기 위해 때때로 몸을 둥글게 말고 화롯불에 등을 쬐었다. 입구에 달아놓은 거적문은 아침이 되면 꽁꽁 얼어 기둥에 붙어 있어서 방망이로 탁탁 쳐서 떼어내야 했다.

2월에 접어들자 추위가 누그러지는 날이 늘면서 며칠간 바다가 고요해졌다.

산에 다녀온 사람을 통해 매화꽃이 피었다는 소식을 들은 촌장은 소금 굽기를 멈추라고 했다. 뱃님이 찾아오는 계절은 지났다.

6

이른 봄의 기운이 감돌며 마을을 뒤덮은 눈이 녹기 시작했
다. 지붕에 쌓인 눈더미가 미끄러져 내려갈 때마다 집이 요동
쳤다. 젖은 초가지붕이 수증기를 내뿜었다.

봄이 가까이 오니 사람들 표정이 밝아졌다. 기온이 높아지
면서 물고기들은 해안으로 몰려들었고 갯바위에서도 어패류
가 모습을 드러냈다. 집마다 쌀을 쟁여두었기에 곡식은 여전
히 넉넉했고 여기에 바다의 은혜까지 얹으면 풍요로운 식생
활을 즐길 수 있었다.

이사쿠는 마을 사람들의 표정 변화를 알아챘다. 험상궂은

표정은 사라지고 눈빛이 온화해졌다. 집 앞에서 햇볕을 쬐며 담배를 뻐끔거리는 남자도 있었고 바닷가에서 멍하니 누워 있는 남자도 있었다.

이사쿠는 마을 사람들이 소금 팔러 가는 일을 두고 숙덕거리는 소리를 들었다. 길에서 만난 중년 남자가 산길 쪽을 근심 어린 눈으로 바라보며 볼멘소리를 냈다.

"올해도 소금을 팔러 가야 하나?"

해마다 2월 말이 되면 겨우내 구워둔 소금을 이웃 마을까지 운반하여 곡물과 교환한다. 그런데 올해는 집집마다 쌀이 넉넉하니 얼마 되지 않는 잡곡을 얻자고 소금을 팔러 나갈 필요가 없다.

무거운 소금을 메고 산을 올라 고개를 넘어가는 일은 가혹한 노동이었다. 헛디뎌서 다리를 다친 사람도 있다. 이웃 마을에 도착하는 데에는 이른 아침부터 해가 떨어질 때까지 걸어서 사흘이 걸린다.

이사쿠 집에서는 어머니가 가기로 했다.

"소금 팔러 가기 싫은 사람이 많은가 봐요."

이사쿠가 말하자 어머니조차 인상을 팍 쓰고 아무 말도 하지 않았다.

파도가 거칠게 부서지던 어느 날, 마을 사람들이 촌장 집에서 모이기로 했고 이사쿠도 갔다. 토방에는 남자와 여자가 있었다. 촌장은 화롯가에 앉아 있는데 옆에 앉아 있던 노인이 일어서더니 이사쿠와 마을 사람들 앞에 섰다.

"내일 새벽에 소금을 팔러 가거라. 너희 중에 가기 싫어하는 자가 있다고 들었는데 모르는 것도 정도가 있다. 매년 소금을 팔러 갔는데 올해만 가지 않으면 이웃 마을 사람들이 어떻게 생각하겠나. 더는 곡물이 필요치 않을 만큼 무언가를 손에 넣었다고 생각할 것이다. 그렇게 되면 우리가 뱃님의 은혜를 입었다는 사실을 알게 되지 않겠느냐?"

노인은 노여움에 가득한 목소리로 말했다.

토방에 모인 사람들은 진지한 태도로 '예예' 하며 고분고분하게 머리를 주억였다.

노인은 말없이 마을 사람들을 둘러보았다.

"그럼 내일 아침 출발들 하게나. 단, 음식은 수수경단과 말린 생선만 가져가야 한다. 쌀은 한 톨도 가져가서는 안 된다. 우리가 더는 굶주리지 않는다는 사실을 알리는 행동은 일절 삼가도록."

노인은 다시 한번 날카로운 눈빛으로 경고하고 화롯가로 돌아가 앉았다.

마을 사람들은 흩어졌고 이사쿠는 집으로 돌아갔다. 그리고 어머니에게 노인의 이야기를 다 전한 후 말했다.

"올해는 제가 갈게요."

"너같은 약골이 소금을 등에 짊어질 수나 있겠냐?"

어머니는 화가 났는지 얼굴을 찡그렸다.

쌀가마니를 들어 올리지 못했을 때의 굴욕감이 되살아났다. 그때 어머니는 의기양양하게 웃으며 말했는데, 방금 내뱉은 '약골'이라는 말에서는 멸시와 초조함이 동시에 느껴졌다.

다음 날 어머니는 축시(丑時, 오전 2시경)에 일어나 수수로 경단을 만들고 말린 꽁치를 다시마로 쌌다. 그리고 인시(寅時, 오전 4시경)에 발감개를 감고서 굵다란 지팡이를 들고 집을 나섰다.

이사쿠는 집 앞에 서서 소금을 메고 촌장의 집에서 나오는 사람들 행렬을 지켜보았다. 새벽하늘이 푸르스름해졌다. 사람들은 소금 가마니를 등에 메고 막대기를 짚어가며 한 발짝씩 길을 나아간다. 머리띠를 두른 어머니 모습도 보였다. 힘겹게 옮기는 발걸음에서 소금이 얼마나 무거운지 짐작할 수 있었다.

행렬이 산길에 이르렀을 즈음, 아침 햇살이 서서히 바다에 퍼지기 시작했다.

이윽고 행렬은 군데군데 눈이 남아 있는 길을 지나 숲 뒤로 사라졌다.

이레가 지난 뒤 이른 오후에 산길에서 사람들 행렬이 나타났다. 이사쿠와 마을 사람들은 서둘러 산길로 향했다. 사람들이 오는 것을 알아차렸는지 행렬은 멈춰 섰다.

그들은 짐을 내려놓고 길에 앉아 있거나 드러누워 있었다. 이사쿠는 어머니에게 달려갔다. 어머니의 어깨 부분에는 피가 배어 있었고 발은 물집이 터져 피와 흙이 범벅이 되어 있었다. 입술은 가루를 뿌린 듯 하얗게 말라붙었는데 어머니는 가쁘게 숨을 쉬느라 가슴을 들썩거렸다. 이사쿠와 마을 사람들은 멜대를 이용해 곡식을 운반했다. 소금을 팔고 온 사람들은 일어서서 다리를 절뚝거리며 산길을 내려갔다.

곡물 가마니가 촌장 집 마당에 쌓였다. 어머니와 사람들도 막대기에 의지하여 토방으로 들어가 무릎을 꿇고 앉았다.

마당에 서 있던 이사쿠는 토방 분위기가 이상하다는 것을 감지했다. 토방에 앉아 있는 사람들이 굳은 표정으로 저마다 무슨 말을 했다. 선 채로 이야기를 듣는 촌장의 얼굴이 창백해졌다.

잠시 후 이사쿠와 소금을 운반하러 가지 않은 마을 사람들도 이유를 알 수 있었다. 소금을 팔러 갔던 사람들이 이웃 마을의 중개인 겸 소금 매입 상인의 가게에 갔다가 거기에 와 있던 남자 두 명에게 심문을 받았다. 심문한 남자들은 섬 남단에 있는 항구의 해상운송 중개 사무소에서 나왔다. 그쪽 항구에는 니시마와리 항로를 도는 선박이 자주 드나든다. 그들은 쌀 1,200섬을 싣고 나간 배가 실종된 사건을 조사하고 있다 한다. 작년 연말에 쌀과 도자기를 가득 실은 후 순풍을 타고 바다로 나갔는데 얼마 지나지 않아 날씨가 나빠졌다. 그러나 선장은 거친 바다를 여러 차례 항해한 경험 많고 노련한 사람이었기에 중개업자들도 크게 신경 쓰지 않았다. 한 가지 걸리는 점은, 수송선이 작년 봄에 썩은 목재와 녹슨 금속 부품을 교체하는 등 대대적인 수리 작업을 거치긴 했으나 만든 지 13년이나 된 낡은 배라는 점이었다.

섬의 서해안을 따라 북상할 예정이었던 배가 목적지인 항구에 모습을 드러내지 않았고 다른 항구로 대피한 흔적도 없이 행방이 묘연해졌다고 한다. 근면한 선장의 성격으로 미루어 화물을 빼돌리려고 배를 몰고 도망쳤을 가능성은 없으므로 먼바다의 파도에 휩쓸린 후 침몰했거나 해안에 좌초되어 부서졌거나 둘 중 하나일 거라 보고 있었다.

만일 배가 어느 해안으로 떠밀려갔다면 실려 있던 화물 일부를 회수할 수도 있다. 떠밀려갈 가능성이 있는 장소는 섬 서쪽에 있는 해안으로 한정되므로 해상운송 중개 사무소에서는 이웃 마을로 남자 두 명을 보낸 것이다.

배가 실종된 시기는 뱃님이 마을에 온 시기와 거의 일치하지만 마을 암초에 좌초된 배에는 쌀 300섬 정도밖에 실려 있지 않았기에 남자들이 찾고 있는 배와 다른 배임이 분명했다. 하지만 배는 다르다 해도 그들이 배의 행방을 쫓는 일 자체가 마을에 큰 재앙을 불러일으킬 우려가 있었다.

이사쿠와 마을 사람들은 상기된 표정으로 토방 입구에 모여서 촌장의 얼굴을 바라보고 있었다.

촌장은 화롯가로 돌아가서 마을 유지들과 조용히 이야기를 나누기 시작했다. 마을에는 뱃님께 받은 물건들이 남아 있었다. 배에서 나온 목재들은 산으로 운반해 두었으며 쌀을 비롯한 일상용품들은 각 집으로 분배되었다. 혹여 배를 찾는 남자들이 마을에 와서 사람들 집을 들여다보기라도 하면 들키는 것은 시간문제다. 분수에 맞지 않게 좋은 물건이 있으면 의심할 테고 그들은 마을 사람들이 난파된 배에서 화물을 훔쳤다고 확신할 게 틀림없다.

이런 사실이 알려지면 관리들이 마을 사람들을 잡아가 혹독하게 심문할 것이다. 그러면 뱃님을 부르는 마을의 오랜 관행이 수면 위로 드러나고 만다. 촌장을 비롯한 많은 사람이 여자, 아이 할 것 없이 잔혹하게 처형당하여 마을은 소멸할 수도 있다. 해상운송 중개 사무소에서 나온 남자들이 이웃 마을을 방문하여 소금을 팔러 간 사람들에게 배에 관한 소식을 물은 행위는 마을을 난파선이 좌초한 지역 중 하나로 여긴다는 증거였다.

촌장과 이야기를 나누는 남자들의 얼굴은 한결같이 파랗게 질려 있었고 개중에는 무릎이 심하게 떨려서 양손으로 누르고 있는 사람도 있었다. 그런 모습을 본 이사쿠는 자신의 몸도 갑자기 덜덜 떨려오는 것을 느꼈다.

몸집이 작은 촌장이 무어라고 말하자 키가 큰 노인이 고개를 끄덕이더니 자리에서 일어나 토방으로 다가왔다.

"모두들 잘 듣거라. 뱃님이 주신 것은 하나도 빠짐없이 산속에 숨기도록 한다. 임시 오두막을 지어서 넣어둘 예정이나 물건 운반이 첫째고, 오두막 짓기는 그다음 일이다."

노인은 날카로운 목소리로 말했다.

토방에 앉아 있던 사람들은 고개를 숙여 인사한 뒤 일어서서 황급히 집으로 돌아갔다.

이사쿠는 일어서서 나가는 어머니의 뒤를 따라갔다. 어머니는 막대기에 의지해 다리를 질질 끌며 걸었다. 어깨와 다리 피부가 찢어진 어머니가 휴식도 제대로 취하지 못하고 쌀가마를 들어 옮길 생각을 하니 체력이 빈약한 자신이 한심했다.

어머니는 집에 도착하자 토방에 쌓아둔 쌀가마니 앞에서 몸을 숙이고 그것을 등에 얹었다. 무거운지 비틀거리며 뒷문을 통해 밖으로 나갔다. 이사쿠는 씨기름을 담은 항아리와 간장이 들어 있는 통을 손에 들고 어머니 뒤를 따랐다.

어머니는 다리에 힘을 주고 한 걸음씩 내디디면서 뒷산의 좁은 길을 느릿느릿 올라간다. 이따금 걸음을 멈추고 숨을 골랐다가 다시 발을 내디딘다. 이사쿠는 금방이라도 어머니 등이 내려앉지는 않을까 싶어 걱정되었다.

숲이 양쪽으로 펼쳐져 있었고 어머니는 이제 숲 안쪽으로 걸어 들어갔다. 남쪽 경사면에서 햇살이 나무를 비집고 들어왔고 그리 크지 않은 빈터에는 복숭아꽃이 피었다. 어머니는 큰 바위 뒤에 쌀가마니를 놓고 앉았다. 흐르는 땀을 닦지도 않고 숨만 헐떡였다.

"도끼로 나무를 베고 토대를 만들어라."

어머니는 일어나 산길 방향으로 돌아갔다.

이사쿠는 집으로 가서 술이 가득 담긴 통과 연장을 챙겨 숲속으로 돌아왔다. 나무줄기를 도끼로 친 후에 나무를 쓰러트리고 손도끼로 가지를 쳐서 바위 옆에 쌓아두었다. 어머니는 땅에 나란히 늘어놓은 나무들 위에 쌀가마를 올려두었다. 먹다 만 여덟 번째 쌀가마니까지 전부 운반하자 해가 저물었다. 이사쿠는 짚을 엮어 만든 비옷과 멍석으로 쌀가마니를 덮어두었다.

그날 밤, 어머니는 고열에 시달렸다. 약초를 올린 상처 난 어깨와 다리 부위에서 고름이 흘러나왔다. 어머니는 이를 악물고 신음했다.

다음 날 아침, 이사쿠는 죽을 끓여서 동생들과 누워 있는 어머니에게 먹인 후, 남동생을 데리고 산으로 향했다. 통나무를 활용해 임시 오두막을 열심히 지었다. 비와 이슬이 쌀가마니를 침범하지 못하게 하려고 쌓아놓은 통나무에 나뭇잎을 엮어 지붕을 올렸다. 나뭇잎 사이로 햇살이 스며들었다.

집에 돌아오니 어머니가 화롯가에 앉아서 콩을 볶고 있었다.

"일어나 있어도 괜찮아요?"

이사쿠는 걱정이 되어 물었으나 어머니는 아무 대답도 하지 않았다. 안색은 창백했고 볼은 홀쭉해져 있었으며 쭉 내민 다리는 검푸르게 부어 있었다.

이사쿠는 토방 한구석에 놓인 약초를 어머니 옆에 두었다.

"촌장님 집에 가서 집 안의 쌀은 한 톨도 남김없이 산속으로 옮겼으며 임시 오두막도 지었다고 말씀드려라."

어머니는 콩 볶는 손을 멈추지 않고 말했다.

이사쿠는 고개를 끄덕이고 집 밖으로 나갔다. 서쪽 하늘은 붉은 빛깔로 물들었고 바다는 반짝였다. 하늘 빛깔은 마을 사람들이 때려죽인 선원들의 피를 연상시켰다.

이사쿠는 빠른 걸음으로 마을 길을 걸었다.

다음 날부터 섬뜩할 정도로 깊은 침묵이 마을을 감돌았다.

이맘때면 밀려오는 파도를 따라 올라오는 해산물이 많을 시기인데 갯바위에 나가서 일하는 사람이 없었다. 아이들도 어른들의 분위기를 읽었는지 밖에서 놀지 않았다. 마을 사람들은 쌀을 비롯한 모든 물품을 산속으로 옮겨놓고는 숨죽인 채 집에만 머물렀다. 어머니는 아직 아물지 않은 상처를 치료

하는 동안에도 쉬지 않고 이웃 마을에서 가져온 잡곡을 말리거나 베를 짰다.

이사쿠는 어구를 손질하면서 틈틈이 집 뒷문을 통해 이웃 마을로 넘어가는 산길과 바다를 살폈다. 해상운송 중개 사무소에서 나온 남자들이 마을로 오려면 산을 넘거나 해안을 따라 배를 몰고 오거나 둘 중 하나였다. 산마루 근처와 곶 위에 보초를 세우자는 이야기도 나왔으나 감시한다는 사실을 들키면 의심을 살 거라는 주장이 나와 무산되었다.

이사쿠는 마을 남자들이 어떻게 처형되는지를 설명하는 이야기를 들었는데 과연 무시무시했다. 밧줄에 묶어 끌고 다닌 다음 거꾸로 매달아서 내장이 다 나올 때까지 창으로 찌른다. 또 몸을 톱질한 후에 십자가에 매다는 처형도 있다고 한다. 만일 뱃짐을 강탈하고 선원을 때려죽인 사실이 알려지면 자신들도 그처럼 잔혹하게 죽임을 당할 것이 틀림없었다.

마을 밖으로 통하는 길은 하나뿐이어서 이웃 마을로 가려면 산 중턱에 난 희미한 길을 따라가 여러 개의 골짜기를 건너야 한다. 고용 하인으로 일하러 가는 아버지를 배웅하기 위해 이사쿠는 처음으로 이웃 마을에 갔는데 정신을 못 차릴 정도로 강렬한 인상을 받았다. 집과 여러 상품을 파는 가게가 줄지어 늘어서 있고, 여행자들이 묵는 2층짜리 집도 있었다. 거리에는 많은 사람이 오갔으며 말로만 듣던 소가 짐을 싣고 지나가는 모습도 볼 수 있었다. 항구에는 어선이 아닌 배도 보였다. 이사쿠는 쉴 틈 없이 눈을 이쪽저쪽 두리번거리며 허공을 떠다니는 기분으로 걸어 다녔다가 극심한 피로감에 시달렸었다.

알선해주는 사람의 집 토방에서 하룻밤 묵고 마을로 돌아왔는데 다시 산봉우리를 넘다가 산 위에 서서 마을을 내려다볼 때 느낀 평온함을 잊을 수 없다. 이사쿠는 다른 마을에서는 도저히 살 수가 없다고 생각했다.

해상운송 중개 사무소에서 보낸 남자들이 행방이 묘연한 배를 찾고 있다는 이야기를 듣고 나니 이웃 마을이 정체 모를 무서운 땅처럼 여겨졌다. 이웃 마을은 같은 섬에 속해 있고 심지어 이 섬도 바다 건너 광활한 땅의 일부라고 한다. 그쪽 마을에도 일정한 규칙이 있지만 이사쿠네 마을에 전해 내려오는 관습과는 다르다.

몹시 드물기는 해도, 뱃님의 방문은 생각지도 못한 물고기 떼가 해안으로 밀려오는 현상이나 산에서 많은 버섯과 산나물을 채취하는 것과 비슷하다. 이번 뱃님의 방문은 바다가 베푼 은혜였고 덕분에 마을 사람들은 간신히 굶주림을 면할 수 있었다. 뱃님맞이는 이 마을에는 최고의 경사인 반면 이웃 마을을 비롯한 다른 땅에 사는 사람들이 보기에는 극형을 받아 마땅한 악행인 것 같다. 만일 뱃님이 방문하지 않았다면 이미 오래전에 마을은 소멸해서 암초투성이 바다에 면한 땅에 지나지 않았을 것이다. 뱃님이 존재하기에 대대로 선조들이 이 땅에 살았고 자신들도 살아갈 수 있는 것이다.

마을 사람이 죽으면 영혼이 바다 저편으로 떠났다가 때가 되면 돌아와 마을 여자의 자궁에 머문다고 한다. 영혼은 마을 외에 돌아갈 곳이 없다. 축복이 악행으로 여겨지는, 제 마을과는 관습이 다른 땅으로 돌아가면 그저 당황스러울 것이다. 앞으로 가정을 이루면 어쩔 수 없이 소금 따위를 팔러 이웃 마을에 갈 수밖에 없겠으나 되도록이면 이 마을에 있고 싶다. 반듯한 질서가 존재하는 마을에 살고 싶다.

이사쿠는 때로 자신의 죽음에 관해 생각했다. 몸이 불타고 뼈가 땅속에 묻힌다. 영혼은 화장과 동시에 마을을 벗어나 먼 바다로 향한다. 아마도 긴 여행을 떠날 것이다. 머나먼 바다 저편 마을, 죽은 영혼들이 모이는 장소에 다다른다. 바다 깊은 곳에 영혼들이 모인 마을이 있고 거기에서는 모든 것이 밝고 투명하다. 아름답고 싱그러운 빛깔을 띤 해조류가 숲처럼 빽빽하게 우거져 흔들리며, 바위에는 따개비와 다채로운 조개들이 달라붙어 자개처럼 빛난다.

무리를 이루는 작은 물고기들이 은빛 비늘을 반짝이며 헤엄치고, 선두에 있던 물고기가 몸을 뒤집자 뒤따르던 물고기들도 일제히 몸을 뒤집는다. 마치 눈송이가 쉴 새 없이 흩날리는 광경과 흡사하다.

바다 아래는 늘 평화로우며 수온도 일정하다. 영혼은 해파리처럼 투명한 옷을 입고 머리색도 눈부시게 빛난다. 항상 미소를 지으며 말을 하지 않는다. 그들은 죽음이 선사하는 깊은 안식에 몸을 맡겼다. 어렴풋이 기억하는 할머니가 보이고 재작년 연말에 죽은 여동생도 보인다. 뒤에 서 있는 사람들은 분명 조상들일 것이다.

이사쿠는 다가가서 데루 옆에 나란히 선다. 어느새 자신도 투명한 옷을 걸치고 얼굴에는 부드러운 미소를 띠고 있다. 포근한 기분이다.

이따금씩 영혼이 살랑살랑 흔들리며 멀어져가고 사람들은 영혼을 배웅한다. 이곳을 떠나 마을로 돌아가는 영혼은 마을 남녀의 성행위를 통해 여자의 몸속에 태아로 잉태된다. 영혼이 귀환하는 데까지 얼마나 걸릴까? 모르긴 해도 아주 긴 세월일 것이다.

이사쿠는 자신도 어머니의 자궁으로 돌아온 영혼이었다는 사실을 믿어 의심치 않는다. 바다 저편에 존재하는 영혼들의 마을도 단순한 상상의 산물이 아닌, 과거에 자신이 있었던 장소이기에 기억이 나는 것일 터다.

이사쿠는 사후에도 안주할 장소가 있다고 생각하니 죽음이 두렵지 않았다. 하지만 타지에 끌려가 죽임을 당하면 자신의 영혼은 마을에서 죽은 영혼의 안식처에 가지 못한다. 낯설고 험악한 눈을 한 이방인들의 영혼으로 가득 찬 지옥에 떨어질 게 분명하다.

만일 해상운송 중개 사무소에서 나온 사람들이 마을에 왔다가 좌초된 배의 화물을 마을 사람들이 강탈한 사실을 알게 되면 사람들은 붙잡혀 죽임을 당할 것이며 죽음 이후의 평온함은 누릴 수 없게 된다. 이사쿠는 해상운송 중개 사무소에서 나온 남자들이 마을에 나타나지 않기를 간절히 바랐다.

산속의 눈도 녹기 시작했는지 눈더미 무너지는 소리가 굉음처럼 울려 퍼지고 그때마다 집이 흔들렸다. 마을 안을 지나는 개울물도 불어나 힘차게 흐르고 있었다.

3월에 접어들자 산속의 눈은 거의 사라지고 저 멀리 보이는 산봉우리에서 하얗게 반짝일 뿐이었다. 산길에도 사람이 보이지 않았고 바다에도 배가 나타나지 않았다.

촌장은 유지들을 모아서 의논한 끝에 남자 두 명을 이웃 마을로 보내기로 했다. 해상운송 중개 사무소에서 나온 남자들이 어떻게 움직이고 있는지, 그리고 마을을 의심하고 있는지 살피기 위해서였다.

다음 날 아침 남자들은 말린 생선을 팔러 가는 양 건어물 자루를 등에 메고 산길을 올랐다. 건장한 청년들이라 그런지 그들의 모습은 금세 숲 사이로 사라졌다.

마을 사람들은 쥐 죽은 듯이 하루하루를 보내며 남자들이 돌아오기를 기다렸다.

닷새 후 해가 질 무렵에 남자들은 마을로 돌아오기가 무섭게 총총히 촌장의 집으로 들어갔다. 이사쿠와 마을 사람들도 촌장의 집 앞으로 갔다.

남자들이 전하는 소식을 듣고 촌장은 안도했다. 그들은 소금을 매입하는 상인의 집에 가서 건어물과 곡식을 교환했다. 그때 은근슬쩍 상인의 집에서 묵었던 해상운송 중개 사무소에서 나온 남자들에 관해 물었다. 상인의 말에 따르면 남자들은 이미 섬 남단의 해상운송 중개 사무소가 있는 항구로 돌아갔다. 항구에 들어오는 배의 선원들과 해안선 인근 마을에서 오는 사람들에게 행방불명된 배의 소식을 묻고 다녔으나 이렇다 할 단서를 얻지 못했다.

"폭풍우에 휩쓸려 가라앉아버린 게지. 녀석들도 포기하고 돌아갔어."

상인은 관심 없다는 투로 말했다.

이 이야기를 들은 마을 사람들은 밝은 눈빛을 주고받았다. 마을에 재앙이 닥칠 위험이 사라졌다. 그러나 촌장은 쌀을 산에서 도로 가져오는 것을 허락하지 않았다. 만일을 위해 경계를 풀면 안 된다고 생각하는 듯했다.

마을 사람들 얼굴에 생기가 돌았다. 하지만 그들은 습관처럼 산길과 먼바다를 바라보았다.

3월 중순이 되었다. 사람들은 해변에서 풍어를 기원하는 의식을 치렀고, 촌장의 허락이 떨어져 쌀가마니를 집으로 가져왔다. 그날 밤, 마을 사람들은 기다렸다는 듯 쌀밥을 지었고 이사쿠네 집도 쌀로 죽을 끓였다. 이사쿠는 어머니와 술도 조금 마셨다.

다음 날부터 이사쿠는 이소키치와 함께 배를 타고 바다에 나갔다. 작은 고기밖에 못 잡았었는데 4월에 들어서자 떼지어 이동하는 큰 정어리가 많이 잡혔다. 낚싯줄이 엉킬 우려가 있어 둘이 동시에 고기를 잡기는 어려우니 이소키치에게는 노를 맡기고 이사쿠는 정어리 낚는 데 전념했다. 물론 이소키치는 아직 미숙해서 배가 암초에 가까워지면 이사쿠가 노를 잡아 배를 멀리 떨어뜨렸다. 이소키치의 손이 찢어져서 피가 배어나왔다.

정어리는 예년보다 많아서 배 위에서도 은빛으로 반짝이는 정어리가 떼를 지어 빠르게 헤엄치는 모습이 보였다. 정어리가 밀집하면 바다 색이 변하고 때로는 너른 바다에 걸쳐 물결이 일렁였다. 낚싯줄에 바늘을 여러 개 달아 물속으로 늘어뜨리면 거의 모든 낚싯바늘에 정어리가 걸려 있어서 바늘을 빼는 데 시간이 많이 걸려 답답할 정도였다.

저녁에 일을 마치고 정어리를 담은 통을 집으로 가져가니 어머니가 정어리를 꼬치에 꽂아 불에 구웠다. 지방이 많은 생선이라 기름이 떨어질 때마다 불길이 치솟았다. 뜨거운 정어리는 더할 나위 없이 맛있었다.

어머니는 정어리를 반으로 가른 다음 어린 여동생 가네에게 줄에 매달아 말리게 했다. 기온이 높아지고 초록 잎이 산을 뒤덮었다.

마을 남자들 대부분이 배를 타고 바다에 나오기는 했으나 예년과는 조금 달랐다. 고기를 잡으려면 새벽에 나가는 게 보통인데 바다에 햇살이 가득한 시간이 되어서야 나오는 이도 있었다. 고기잡이를 마치는 시간도 빨라져서 해가 기울 무렵에 뭍으로 향하는 배가 많았다. 몸이 아프다며 아예 바다에 나오지 않는 남자도 있었다.

"인간에게 일어나는 가장 무서운 일은 마음이 해이해지는 것이야."

어머니는 화롯불에 장작을 넣으면서 중얼거리듯 말했다.

게을러진 사람들은 뱃님이 가져다준 식량 덕에 마음이 느긋해져 고기를 잡으려는 열망이 시든 것이 분명했다. 가족이 먹을 양은 이미 다 마련했을 정도로 어획물은 충분했고 곡식과 교환할 수량을 확보할 필요도 없었다. 다행히 풍어라서 고기 잡는 시간이 짧아도 많은 물고기를 확보할 수 있으니 며칠

쉬면서 배를 띄우지 않아도 되었다.

이사쿠도 다른 남자들처럼 쉬고 싶었지만 어머니 말을 생각하면 그런 내색을 할 수 없었다.

바다는 잔잔한 날이 많았지만 연기인지 비인지 못 알아볼 정도로 강한 비가 종일 내리는 날도 있었다. 그런 날에도 이사쿠는 이소키치를 데리고 바다에 나갔다. 어머니는 밭을 일구고 채소 씨를 뿌렸다. 바다에서는 경사지를 따라 층층이 조성된 계단식 밭에 있는 여자들이 보였는데 이사쿠는 다미네 밭에서 움직이는 삿갓에 시선을 고정했다.

4월 중순, 근처에서 배를 타던 남자가 이사쿠를 불렀다. 남자는 산 쪽을 보라고 몸짓으로 알려줬다.

이사쿠는 남자의 심상치 않은 표정을 보고 낚싯줄을 든 채 산 쪽을 바라보았다. 등골이 서늘해졌다. 남자로 보이는 두 사람이 눈에 들어왔고 그들은 천천히 산길을 따라 마을 방향으로 걸어오고 있었다. 멀어서 확실히는 알 수 없으나 이쪽으로 고개를 돌리는 것 같았다. 해상운송 중개 사무소에서 나온 남자들이 아닐까 싶었다. 행방불명된 배 찾기를 단념하고 돌아갔다고 들었는데 결국 포기하지 못하고 다시 이웃 마을에 갔다가 산길을 따라 걸어왔는지도 모른다. 쌀가마니를 비롯한 여러 물품을 도로 가져다놓았으니 마을과 관계없어 보이는 물건을 들키면 화물을 강탈한 사실도 탄로 나고 말 것이다.

이사쿠는 몸에서 일어나는 격렬한 떨림을 느꼈다.

근처에 있던 배를 바라보았다. 남자는 이사쿠를 바라보고 있었고 멀리 있는 배에 탄 사람의 시선은 산 쪽을 향하고 있었다. 이사쿠는 다시 산길을 올려다보았다. 산길에서 움직이던 두 사람의 모습이 나무 뒤로 사라졌다.

배들이 뭍으로 향했고 이사쿠도 이소키치의 손에서 노를 낚아채 힘 있게 저었다. 쌀가마니를 산속으로 옮길 여유는 없지만 멍석으로 덮어두기라도 해야 한다고 생각했다.

배가 하나둘 바닷가에 도착했고 이사쿠도 배를 모래 쪽으로 끌어 올리자마자 집으로 달려갔다. 갯바위에 나와 있어야 할 여자들과 아이들은 하나도 보이지 않았다.

토방으로 뛰어 올라가자 어머니가 쌀가마니에 멍석을 덮고 그 위에 장작을 쌓고 있었다. 이사쿠는 어머니와 함께 술, 설탕, 간장 등을 담은 항아리와 통을 들고 뒷문으로 나가 대나무 숲에 숨겼다.

이사쿠는 집 뒤에 서서 산길에서 마을로 내려오는 길을 살폈다. 바람이 불자 숲의 나무가 흔들린다. 탁해진 햇살이 숲을 비춘다. 파도 소리만 들릴 뿐 마을은 깊은 정적에 휩싸였다. 마을 사람들이 집 안에서 숨죽이고 있는 것이 느껴졌다.

나무줄기 사이로 무언가 움직였고 잠시 후 마을로 내려오는 길목에 남자 두 명이 나타났다. 한 사람은 긴 지팡이를 짚고 걸어 내려오고, 다른 사람은 뒤를 따르고 있다. 지팡이를 짚은 남자는 한쪽 다리가 잘려 있었다.

이사쿠는 의아한 눈으로 바라보았다. 해상운송 중개 사무소에서 나올 법한 사내들은 아니었다. 무엇보다 다리가 자유롭지 않은 남자를 마을에 파견할 것 같지는 않다. 옷차림도 그렇다. 남루하다 못해 누더기나 다름없는 것을 걸치고 있었다.

남자 두 명은 산길을 내려오다가 발을 멈추더니 마을을 둘러본 다음 바다를 응시했다. 그러고는 주저앉듯이 땅바닥에 무릎을 꿇었다. 등이 요동치는 것이, 마치 우는 것처럼 보였다.

이사쿠의 등 뒤에 서 있던 어머니가 걸어 나갔고 이사쿠도 어머니 뒤를 따랐다. 이 집 저 집에서 남자나 여자가 마을 길로 나와 산 쪽으로 걸어갔다. 어느새 이사쿠는 두 남자에 대한 경계심이 누그러졌다.

마을 사람들이 남자들 쪽으로 다가가는데 한 여자가 달려 나오더니 지팡이를 짚은 남자를 껴안았다.

"누군가 계약이 끝나고 돌아온 것 같구나."

어머니가 갑자기 뛰기 시작했다.

아버지는 계약이 끝나려면 1년 가까이 남아 있기에 아버지일 리가 없다. 이사쿠는 어머니와 함께 마을 사람들이 있는 곳으로 달려갔다.

온통 울음을 터뜨리는 마을 사람들 사이에 두 남자가 앉아 있었다. 얼굴이 검붉고 볼이 핼쑥하다. 이사쿠는 처음 보는 남자들인데 두 사람 다 마흔 살을 넘겼는지 한 명은 머리가 하얗게 셌고 다른 한 명은 머리가 벗어져 있었다.

두 남자는 마을 사람들에게 안기다시피 하여 마을 길을 따라 촌장 집으로 향하는 비탈길을 올라갔다.

그들은 10년 계약을 마치고 돌아온 사람들이었다. 팍삭 늙어서 돌아온 두 사람 모습에 사람들은 놀랐으니 이는 고용 하인 생활이 얼마나 가혹했는지를 보여주는 것이었다. 지팡이를 짚고 온 남자는 눈이 쌓이던 시기에 산에 들어가 벌채를 해서 나무를 들고 내려오다가 낭떠러지에서 떨어졌다. 머리를 부딪혀 의식을 잃었는데 그를 찾으러 온 사람들이 이틀 후에 하반신이 눈에 파묻혀 있던 그를 발견했다. 떨어질 때 입은 상처는 아물었지만 눈에 파묻혔던 왼쪽 다리 끝이 썩기 시작했다. 그대로 두었다간 온몸이 썩어 들어가 죽을 수도 있어서 무릎 위까지 절단했다고 한다. 비록 보기 흉하기는 해도 죽지 않고 돌아올 수 있었으니 행운이라 할 만하다.

아버지도 그들이 있던 항구도시로 일하러 갔기에 어머니는 그날 밤 아버지의 안부를 물으러 남자의 집으로 갔다.

어머니는 반각 정도 있다가 돌아오더니 그릇에 술을 따라서 화롯가 옆에 앉았다.

어머니의 굳은 표정을 본 이사쿠는 불안해졌다. 계약이 끝나고 마을로 돌아온 남자에게서 안 좋은 소식을 전해 들었는 지도 모르겠다. 어쩌면 아버지는 이미 사망했을 수도 있다.

이사쿠는 술을 마시는 어머니에게 조심스럽게 다가갔다.

"아버지는 어떻게 지내고 있대요?"

"건강하게 잘 지낸다고 하더라……"

어머니는 화롯불로 시선을 돌리고 낮은 목소리로 대답했다.

이사쿠는 깊이 안도하며 화로 옆에 앉았다.

"몸 사리지 않고 일하니까 해상운송 중개 사무소 사람들도 특별히 좋아하고. 마을에서 일하러 간 사람들은 아버지가 격려해준 덕에 힘을 내고 있대. 아버지는 가족들을 걱정하며 모두 잘 지내면 좋겠다고 하셨다는데……"

어머니는 술을 입에 머금었다.

죽은 여동생 데루가 떠올랐다. 어머니는 데루를 제대로 보살피지 못해 아버지에게 미안하고 자신의 무력함이 원망스러웠을 것이다. 어머니는 술로 슬픔을 달래려고 했다.

이사쿠는 말없이 화로의 불을 바라봤다. 저 멀리 바다 깊은 데서 투명한 옷을 입고 온화한 미소를 지으며 둥둥 떠 있는 모습을 상상했다. 데루의 죽음은 어머니의 힘으로 어찌할 수 없는 것이었고, 어리긴 했어도 동생은 수명이 다한 것이라고 할 수 있다. 데루는 죽어서도 조성님의 영혼과 함께 바다에서 편안한 나날을 보내고 있으니 결코 외롭지 않다.

"아버지도 내년 봄에는 돌아와요. 조금만 더 견디면 돼요."

이사쿠는 불에 장작을 넣으며 말했다.

어머니는 입을 다문 채 천천히 술이 담긴 그릇을 이사쿠에게 내밀었다.

어머니의 술그릇을 받은 이사쿠는 눈시울이 뜨거워졌다. 아버지가 고용 하인으로 마을을 떠난 뒤 어머니가 처음으로 표현한 애정 비슷한 것이었다. 자신을 의지할 수 있는 존재로 인정해준다는 느낌이 들었다.

이사쿠는 술을 한 모금 마시고 그릇을 다시 어머니에게 넘겼다.

이소키치가 잠꼬대를 하면서 몸을 뒤척였다. 어머니는 그릇을 손에 쥔 채로 화롯불에 희미하게 비치는 이소키치의 얼굴을 응시했다.

정어리 떼가 떠나자 오징어가 잡히기 시작했다. 집집마다 마른오징어 만들기가 한창이었다. 뱃님의 은혜를 입은 후로 나타났던 나태한 분위기도 서서히 사그라들고 계절이 바뀌면서 마을 사람들은 예전 일상으로 돌아간 듯했다.

물살이 잔잔한 이른 아침에는 마치 한 묶음처럼 배가 일제히 바다에 나갔고, 갯바위 주변에서는 조개와 해초를 채취하러 오는 여자와 아이들의 모습을 볼 수 있었다.

물살이 거친 날, 이사쿠는 바닷가에서 배를 손질했다. 계약이 끝나고 돌아온 남자가 모래사장에 지팡이를 놓고 앉아 바다를 바라보고 있었다.

　이사쿠는 하던 일을 멈추고 남자 옆에 다가가 쪼그리고 앉았다. 그리고 아버지 이름을 입에 올리며 자신이 아들이라고 말했다.

　남자는 호의 가득한 눈으로 바라보았다.

　"아버지는 건강하게 잘 지낸다는데……."

　이사쿠는 남자의 표정을 살폈다.

　"건강하지. 몸도 워낙 강철같이 튼튼해서 감기에도 안 걸리더라고."

　남자의 말에 이사쿠는 고개를 끄덕였다.

　"고용 하인 일은 힘들지요?"

　"힘들고말고. 고용주가 일하는 우리를 돈 주고 산 거나 마찬가지라 혹사하기 일쑤야. 그래도 죽으면 그만큼 손해니까 밥은 거르지 않고 먹게 해줘."

　남자는 지난날 노동의 괴로움을 떠올리기라도 하는지 주름진 얼굴이 일그러졌다.

　"아버지가 가족들을 걱정한다고 들었어요."

　"너희 이야기는 우리가 항구도시를 떠날 때만 한 거야. 평소에는 아무 말도 하지 않았어. 아마 다른 사람들 기분이 처질까 봐 배려했겠지. 다른 사람들을 잘 돌봐주는 사람이거든.”

남자는 바다로 시선을 돌렸다.

흰 머리가 바람에 휘날리고 반쯤 사라진 다리에 모래가 붙어 있다. 10년간 고용 하인으로 일한 남자의 신체는 노화에 잡아먹힌 모양이다.

“뱃님이 다녀가신 뒤에 돌아올 수 있어서 행복하구나. 쌀밥도 먹고 술도 마시고 담배도 피우고. 촌장님께서 당분간은 요양하면서 쉬라고 말씀하셨지만 여독만 풀리면 바다에 나가고 싶어.”

남자의 눈에는 기쁨의 빛이 어려 있었다.

이사쿠는 마을에 뱃님이 방문했음을 알면 아버지가 얼마나 기뻐하실까 생각했다. 아버지뿐만 아니라 다른 사람들도 남겨진 가족들이 굶주림에서 벗어났다는 사실을 알면 틀림없이 마음이 놓일 것이다.

이사쿠는 남자와 함께 먼바다를 바라보았다.

며칠 후 한쪽 다리가 없는 남자와 함께 마을로 돌아온 남자가 죽었다. 아침에 가족들이 거적으로 만든 이부자리에서 잠든 남자의 몸이 차갑게 식어 있는 것을 발견했다. 노동에서 해방되어 마음이 느슨해졌는지 아니면 쇠약해진 몸으로 쌀밥을 비롯한 좋은 음식을 먹는 것이 익숙하지 않은지 밤사이 조용히 숨이 끊어진 것 같았다.

한쪽 다리를 잃은 남자는 상갓집에서 격하게 울부짖었고 지켜보는 사람들도 눈시울이 붉어졌다. 항구도시를 떠나 마을에 도착할 때까지 산속에서 노숙했던 죽은 남자는 지팡이 짚는 남자를 돌보며 함께 산을 넘고 골짜기를 건넜다.

"내가 죽었어야 했는데."

그런 기억이 되살아나기라도 했는지 지팡이 짚는 남자는 울면서 기둥에 묶인 시신에 매달려 손을 놓지 않으려 했다.

다음 날 시신을 관에 안치한 후 묘지로 옮겼다. 남자는 지팡이를 짚고 산을 올라 불길에 휩싸인 관 앞에 주저앉아 울었다.

마을 사람들은 고인을 애도했다. 고인이 된 남자가 마을에 돌아온 후 죽어서 다행이라고 말하는 사람도 있었다. 아닌 게 아니라 많은 사람이 마을 밖에서 죽었는데 이 남자는 마을 땅을 밟고 가족과 만날 수 있었으니 행운이라고 할 수 있었다.

초록빛이 짙어지고 햇빛도 강해지자 널어둔 오징어에는 파리가 몰려들었다.

여느 때처럼 여자들은 이웃 마을에 마른오징어를 팔러 갔고 이사쿠의 어머니도 함께 갔다. 동행한 마을 유지가 이웃 마을의 동태를 살폈는데 우리 마을을 의심하는 기색은 없었다고 촌장에게 보고했다.

마을에는 평온한 공기가 감돌았다. 어떤 배가 마을 앞바다를 지나가기도 했는데 마을 사람들은 경계심을 품지 않고 배가 사라지는 것을 지켜보았다.

오징어의 먹잇감이 사라지자 장마가 찾아왔다. 어떤 날은 폭우가 쏟아졌다.

물결이 높게 출렁이던 이른 아침, 이사쿠는 이소키치와 뒷산에 올라갔다. 하늘을 두텁게 가로막은 짙은 구름 한켠을 비집고 나온 옅은 햇살이 산길을 비춘다. 숲속으로 더 깊이 들어가서 피나무 껍질을 벗겼다. 뱃님에는 옷감이 실려 있지 않았기에 마을 사람들은 피나무 껍질을 채취하러 산에 들어갔다. 어머니는 그해 이른 봄에 천을 짜서 아버지의 옷을 완성했는데 자식들 옷도 만들고 싶은 모양이었다.

이사쿠는 채취한 나무껍질을 자신의 등짐에 묶고, 이소키치도 등에 짊어지게 했다.

숲에서 나와 산길을 내려갔다. 새들이 끊임없이 지저귀고 꾀꼬리 노랫소리도 들린다. 해가 저물려면 아직 멀었는데 이소키치와 둘이 피나무 껍질을 채취해서 그런지 일을 예상보다 빨리 끝내서 이사쿠는 뿌듯했다.

갈증을 느껴 근처 계곡에서 휴식을 취해야겠다고 생각했다. 이소키치를 재촉하여 등에 멘 물건을 산길에 내려놓고 돌을 밟으며 비탈길을 내려갔다. 물 흐르는 소리가 가까이 들리더니 나무줄기 사이로 반짝이는 물빛이 보였다.

이사쿠는 발걸음을 멈췄다. 물가에 사람이 있었다. 이소키치도 알아차렸는지 나무줄기 사이로 상황을 살핀다. 머리를 뒤로 묶은 처녀와 어린 남자아이가 이쪽을 등지고 기슭에 웅크리고 앉아 있었다. 몸이, 뜨거워졌다. 뒷모습으로 보아 처녀는 다미가 분명했다. 발길을 돌리지도 못하고 비탈길을 내려갔다.

다미가 뒤로 돌자 남자아이도 뒤로 돌았다. 남자아이는 올해 네 살이 되는 다미의 남동생이다. 다미는 경계하는 눈빛으로 이쪽을 바라보았다. 이사쿠는 긴장되었지만 미소를 지으며 다가갔다. 다미의 남동생은 누그러진 얼굴로 두 사람을 맞이했지만 다미는 여전히 표정이 굳어 있다. 옆에는 바구니가 두 개 놓여 있었고 안에는 그들이 채취한 가느다란 죽순이 들어 있었다.

이사쿠는 조금 떨어진 곳에 쪼그리고 앉아 물을 떠 마셨다. 다미를 너무 의식한 나머지 물이 찬지 어떤지도 몰랐다.

이소키치는 다미와 남동생에게 다가가 무슨 말을 주고받는다. 이사쿠는 허리에 차고 있던 천을 흐르는 물에 적셔 얼굴의 땀을 닦았다.

"발톱이 빠지려고 해."

이소키치가 돌아와서 이사쿠에게 말했다.

이사쿠는 다미를 쳐다봤다. 다미는 한쪽 다리를 식히려는 것처럼 흐르는 물에 담그고 있었다.

이사쿠는 일어서서 비탈길을 뛰어 올라갔다. 산길을 올라가니 왼쪽 방향에 떨기나무가 드문드문 나 있는 평지가 보였다. 예전에 이곳에서 아버지와 함께 오토기리소라는 약초를 채취한 적이 있었기에 덤불 사이로 들어가서 걸어다니며 풀을 뜯었다.

이사쿠는 빠른 걸음으로 계곡 기슭으로 돌아와 이소키치에게 무언가를 건네면서 말했다.

"이걸 잘 비벼서 상처에 바르라고 전해. 피가 멈출 거야."

이소키치는 고개를 끄덕이고 약초를 손에 들고 다미 옆에 다가가 앉았다.

다미는 이사쿠가 있는 쪽을 바라보았다가 바로 시선을 떨구더니 풀을 비벼서 상처에 바르기 시작했다.

이사쿠는 시선을 딴 데로 돌려 계곡 쪽을 바라보았다.

잠시 후, 다미가 일어서는 것 같았다. 이사쿠는 다미와 다미의 남동생이 비탈길로 올라가는 것을 의식하면서 물의 흐름에만 시선을 고정했다.

이소키치는 손바닥으로 물을 떠 마시고 돌에 걸터앉아 발을 물에 담갔다. 이사쿠는 다시 천을 물에 적셔 얼굴을 거칠게 닦았다.

그날 밤 이사쿠는 눈이 말똥말똥하여 잠을 이루지 못했다. 계곡에서 다미와 우연히 만나 피를 멈추게 하는 풀을 건네는 장면을 떠올렸다. 다미가 이 일을 어떤 마음으로 받아들였는지 알고 싶었다. 풀을 비벼서 상처에 문질렀으니 적어도 자신의 호의를 받아준 것은 분명하다. 그것만으로도 충분했다. 만일 자신과 단둘이 마주쳤더라면 다미는 겁에 질려 도망쳤을지도 모른다. 두 사람 다 동생들과 함께 있었기에 자신이 도움을 줄 수 있었고 다미도 받아들인 것이라고 생각했다.

다미의 몸매는 여성스러움이 풍기는 듯했다. 한 살 아래인 자신보다 인간으로서 한층 더 성숙해진 것 같다. 다미를 아내로 맞아들이고 싶지만 도저히 이루어질 것 같지 않다.

이사쿠는 어둠 속에서 눈을 빛내며 한숨을 푹푹 내쉬었다.

비가 계속 내리고 집은 축축해졌다. 어머니는 양지바른 날 곡식과 건어물을 멍석에 펼쳐놓고 햇볕을 쬐게 했다.

어느 날 저녁, 집에 돌아오니 어머니가 바닥에 놓인 삿갓을 가리키며 말했다.

"다미가 보답이라면서 가져왔다."

이사쿠는 삿갓을 바라봤다. 지혈하라고 약초를 따다 준 일에 대한 보답일 텐데 다미의 마음을 알고 나니 얼굴이 붉어졌다.

어머니에게 표정을 보이는 것이 부끄러워서 어구를 토방 한구석에 내려놓고 뒷문을 통해 밖으로 나갔다. 가느다랗게 물이 흐르는 개울가로 가서 손발을 씻었다. 다미는 이사쿠의 삿갓이 낡고 찢어져 있다는 것을 언제부터 알고 있었을까. 보통 삿갓은 눈이 쌓이는 철에 만드는데, 다미는 계곡 근처에서 만난 후에 삿갓을 만들어서 전해주었을 것이다. 이사쿠는 가슴이 뜨거워졌다.

어머니는 다미가 삿갓을 주러 온 이유를 캐묻지도 않고, 피나무 껍질을 손질하고 내피를 삶아서 개울물에 담그기를 반복했다. 물레를 돌려 실을 뽑아 베틀 앞에 앉았다.

삿갓은 기둥에 걸어두었다. 이사쿠는 그것을 쓰고 싶었으나 어머니 눈치가 보여 주저했다. 게다가 삿갓이 너무 소중해서 비바람이 부는 날은 쓰고 나가기가 아까웠다.

꽁치잡이가 시작된 날이었다. 가랑비가 내리기에 큰맘 먹고 삿갓을 머리에 얹고 줄을 턱 밑에서 묶었다. 다미의 손으로 만든 삿갓이라고 생각하니 피가 끓어오르는 것 같았다.

까마귀곶 근처에서 배를 세운 후 닻을 내렸다. 뱃전과 선미 쪽 바다에 멍석을 띄웠다. 이소키치는 처음 보는 고기잡이 기술에 눈이 휘둥그레졌다.

이사쿠는 이소키치와 함께 배 밑바닥에 엎드려서 물에 띄운 멍석을 바라봤다. 작년에는 고기잡이가 끝날 무렵에야 꽁치를 잡을 수 있었는데 그때처럼 해낼 수 있을지 걱정이 되었다. 이소키치 앞에서 창피를 당하고 싶지 않았다.

열흘 정도까지는 하루에 고작 두세 마리 잡았고 한 마리도 못 잡는 날도 있었다. 그러나 점차 어획량이 늘더니 열 마리 이상 잡은 날도 있었다.

저녁에 해변에서 꽁치를 집으로 운반하는 다미의 모습을 몇 번 보았다. 다미네 아버지는 통나무배를 만드는 데 장인일 뿐만 아니라 꽁치잡이에도 능해서 언제나 많은 꽁치를 잡아 집으로 가져갔다. 다미는 꽁치가 담긴 통을 멜대에 짊어지고 바닷가를 떠났다. 이따금 이사쿠와 눈이 마주치기도 했지만 무표정한 얼굴을 하고 재빨리 시선을 피했다. 이사쿠는 다미의 마음을 도무지 알기 어려웠다.

장마가 끝나고 무더위가 기승을 부렸다. 이소키치의 몸은 햇볕에 그을렸고 머리는 바닷바람에 말라붙었다.

어머니가 꽁치를 소금에 절여 커다란 통 두 개를 다 채웠을 때쯤, 바다에는 물고기 그림자가 급격히 희미해졌다. 마을 사람들은 작년에 비해 꽁치가 잘 잡히지 않았다고 말했다.

백중날은 여느 때보다 떠들썩하게 치렀다. 집집마다 쌀밥을 짓고 불단에도 작은 주먹밥을 올렸다. 하지만 어머니는 그날도 죽을 끓이고 반찬도 삶은 미역만 차렸다.

더운 날씨가 이어졌고 때로 천둥과 번개를 동반한 비가 거세게 내려서 안개 낀 것처럼 마을은 부옇게 변했다.

오징어가 다시 잡히면서 이사쿠는 이소키치와 바다에서 보내는 시간이 많아졌다.

이사쿠는 가끔 마을 뒤로 늘어선 산을 바라보았다. 나무에 달린 잎이 한여름 햇빛을 받아 짙은 초록빛을 띤다. 산 표면에는 좁고 가느다란 길이 나 있는데 숲 안쪽에서 사라진다. 내년 봄 그 산길을 따라 돌아오는 아버지의 모습을 볼 수 있을 거라고 생각하니 가슴이 뛰었다. 아버지는 건강하다고 했으니 날쌘 걸음으로 산을 내려올 것이다. 아버지는 데루의 죽음을 애통해하겠지만 절대 어머니를 탓하지 않을 것이다. 오히려 데루 하나만 잃었다며 안도할지도 모른다.

아버지는 가족을 걱정하면서 하루하루를 보내고 있다. 만일 뱃님이 방문한 사실을 알게 되면 얼마나 기뻐하실까.

"뱃님이 올해 또 올까?"

노를 젓는 이소키치가 말을 걸어왔다.

"올 수도 있고, 어쩌면 몇 년 동안 안 올 수도 있고."

이사쿠는 오징어 낚시를 하던 손을 멈추고 까마귀곶을 바라보았다.

곶 위에서 내려다보았던 광경이 되살아났다. 난파한 배를 향해 작은 배가 떼 지어 다가가 화물을 해변으로 운반하고 선체를 해체했다. 움직임이 활기 넘치고 신속할 뿐만 아니라 질서정연해 보이기까지 했다. 이소키치의 말처럼 올해도 같은 광경이 펼쳐질까. 어쩌면 평생 다시 볼 수 없을지도 모른다. 곶 주변에는 검은 점처럼 까마귀가 맴돌고 있었다.

7

여름이 끝나갈 무렵, 마을에는 거센 폭풍우가 몰아쳤다. 정오가 지나고부터 후덥지근한 바람이 불더니 하늘에 먹구름이 드리우기 시작했다.

굵은 빗방울이 떨어지고 얼마 지나지 않아 빗줄기는 밀어닥치는 파도처럼 걷잡을 수 없는 폭우로 돌변했다. 해가 질 무렵에는 우르르 하는 소리와 함께 강풍이 휘몰아치고, 널빤지 벽과 지붕에 투둑투둑 비가 내리쳤다. 이사쿠는 이소키치와 함께 입구에 달아둔 거적문 안쪽에 널빤지를 세우고 작은 창문에도 널빤지를 덮은 뒤 밧줄로 단단히 고정했다.

이사쿠는 이부자리에 몸을 눕히고 잠을 청했는데 날씨 때문에 밤잠을 못 자고 뒤척일 때도 있었다. 산에서 불어오는 바람에 부러진 나뭇가지가 지붕과 널빤지 벽에 쉴 새 없이 부딪쳤다. 집이 요동치다 못해 때로는 떠오르는 느낌이 들 정도여서 바람이 지붕을 날려버릴까 두려웠다.

다음 날 아침 바람은 여전히 거셌으나 비는 그쳤다. 이사쿠는 집 밖으로 나가 보았다. 뒷산에서 날아온 부러진 나뭇가지가 여기저기 흩어져 있고 엄청난 양의 나뭇잎이 젖은 땅에 달라붙어 있었다. 정오가 지날 무렵에는 하늘에 맑은 빛이 번졌다. 여전히 파도는 높고 밀려오는 물마루가 햇빛에 반사되어 눈부시게 빛난다.

그날부터 가을의 기운은 날이 갈수록 짙어졌다. 오징어는 더 많이 잡혔고 바다는 잔잔했다.

어머니는 오징어를 말리느라 눈코 뜰 새 없이 바쁜 와중에도 여동생을 데리고 뒷산에 나물을 캐러 다녔다. 야채 죽에 버섯을 넣어 먹기도 하고 산마 넝쿨에 달린 열매를 볶아 먹기도 했다. 한 해 중 먹을거리가 가장 다양한 계절이라 이사쿠는 식사 시간이 기다려졌다.

그러나 어머니는 그다지 즐거워 보이지 않았다. 절약하려고 쌀밥 대신 죽을 만들어 먹었지만 어느덧 한 가마니를 다 비우고 두 번째 가마니를 비우기 시작했다. 어머니는 쌀을 그릇으로 떴다가 잠시 생각하고 가마니에 다시 넣어두기도 했다. 여섯 섬 남짓 남아 있는 쌀을 다 먹으면 다시 굶주림에 떠는 하루하루를 보내야 한다. 이사쿠에게도 무서운 일이었다.

어머니는 계단식 밭에 들어가서 얼마 되지도 않는 익은 곡식을 자루에 담아서 집으로 가져왔고, 절구에 넣고 빻아 가루로 만들었다. 다른 여자들과 함께 마른오징어를 짊어지고 이웃 마을에 가서 콩과 교환하여 등에 메고 돌아왔다. 먹을 것을 구하기 힘든 겨울을 앞두고 어머니의 눈빛은 불안해 보였다.

억새 이삭에서 꽃이 필 무렵부터 문어잡이가 시작되자 마을은 다시 활기를 띠었다. 이사쿠는 이소키치에게 갈고리가 붙어 있는 장대를 쥐게 하고 문어를 잡는 요령을 알려줬다.

이소키치는 드디어 노를 다룰 수 있게 되었다. 조심성이 많은 성격이라 배가 암초와 가까워지면 재빨리 뱃머리를 돌려서 배를 멀리 떨어뜨린다. 발육도 좋고 키도 갑자기 많이 자라 성인이 되면 이사쿠보다 몸집이 더 클 것 같았다. 이사쿠가 하는 말을 고분고분 따르고 이해도 빠르다. 이런 이소키치가 이사쿠는 기특했다.

어머니는 이소키치를 '이소'라고 불렀다. 고기를 잡으러 다니기 전에는 어린아이를 부르는 듯한 어조였는데 최근에는 일꾼으로 인정한다는 느낌이 든다. 이소키치는 묵묵히 주어진 일을 열심히 한다.

기온이 떨어지자 어디서 왔는지 고추잠자리가 모습을 드러냈다. 셀 수 없이 많은 고추잠자리가 여기저기 돌아다니며 날갯짓하는 데 지쳤는지 가는 곳마다 휴식을 취하고 있었다. 여느 해보다 많았다.

문어가 갯바위를 떠나기 시작하자 이삭도 바람에 날아 흩어졌다.

물살이 잔잔한 날이 이어지기는 했으나 가끔 바다가 거친 날이면 이사쿠는 이소키치와 함께 산에 올라 고목과 마른 나뭇가지를 챙겨 집으로 가져왔다. 겨울철 연료로 사용할 요량이었다. 산길을 오를 때마다 다미와 마주치지 않을까 하고 주위를 이리저리 둘러보았는데 다른 마을 사람들과 마주쳤을 뿐이다. 다미는 전혀 보이질 않았다. 다미는 피나무로 천을 짜거나 대나무로 세공물을 만들고 있는지도 모르겠다.

어느 날 이사쿠는 계곡에 내려가 보았다. 기슭에서 사헤이가 땔감용 나무를 높이 쌓아 올린 등짐을 바위에 놓고 쉬고 있었다. 뒤돌아보는 사헤이의 입 주위에는 솜털 같은 수염이 자라 얼굴이 제법 어른스러워졌다.

이사쿠는 흐르는 계곡물을 마신 뒤 사헤이 옆에 있는 바위에 앉았다. 근처에는 고추잠자리가 날아다닌다.

"올해 고기잡이도 끝이구나."

사헤이가 고개를 돌리며 말했다.

이사쿠는 고개를 끄덕였다. 문어의 어획량도 작년과 마찬가지로 그리 많지 않았는데 지금은 거의 자취를 감췄다. 말린 문어를 이웃 마을에 가져가도 구할 수 있는 잡곡은 얼마 되지 않았다.

"쌀은 얼마나 먹었어?"

사헤이가 취조하는 듯한 눈으로 물었다.

"두 가마니째야. 이것도 7할은 먹었어."

이사쿠는 마음이 무거워졌다.

"겨우 그 정도야? 잘 절약해서 먹고 있네. 우리 집은 네 가마니째 먹고 있는데 그것도 반밖에 안 남았어. 할아버지 탓이야. 언제 죽을지 모르니까 먹게 해달라면서 다른 사람 말을 듣지 않아. 다리가 붓는 병에 걸려서 몸은 쇠약해진 데다 제멋대로 굴어서 힘들어."

사헤이가 얼굴을 찌푸렸다.

이사쿠는 사헤이의 말을 들으니 무서웠다. 사헤이의 가족은 열 가마니가 넘는 쌀을 받았을 텐데 1년도 안 돼서 세 가마니가 넘는 쌀을 먹었다, 앞으로 3년만 지나면 다 떨어진다는 얘기다. 쌀 맛에 익숙해지면 자연스레 먹는 양이 늘기 마련이고 가마니가 바닥을 드러내는 시기는 더욱 빨라질 게 틀림없다.

"우리 집만 이런 것이 아니야. 벌써 쌀을 반 이상 먹은 집도 꽤 많아. 너희 집처럼 이제 두 가마니째인 집은 거의 없어."

사헤이는 부러운 눈으로 바라봤다.

이사쿠는 새삼 어머니가 얼마나 현명한 사람인지 깨달았다. 쌀밥은 오직 설날과 백중날에만 불단 앞에 올리고 그조차 물을 부어 죽을 끓여 먹었다. 어머니가 쌀을 먹는 데 신중한 이유는 아버지가 안 계신 집에서 아이들을 지켜야 한다는 마음이 강해서일 것이다.

"올해도 뱃님이 오시면 좋겠는데……."

사헤이가 중얼거리듯 말했다.

"뱃님은 연이어 오는 경우가 많다고 하더라."

이사쿠는 사헤이의 옆모습을 바라보았다.

"그렇다고들 하더라."

사헤이가 고개를 끄덕였다.

두 사람은 말없이 흐르는 계곡물을 바라보았다.

사헤이가 일어서서 땔감용 나무를 등에 짊어졌다. 이사쿠도 이소키치와 함께 계곡에서 나와서 산길로 이어지는 비탈길을 올라갔다.

마을이 단풍으로 뒤덮일 무렵, 잠자리는 어디론가 자취를 감췄다. 바닷물은 차가워졌고 물고기는 잔챙이만 잡혔다.

그해 뱃님을 모실 임산부로는 열여섯 살의 체구가 작은 여자가 선발되었다. 여자는 바다를 향해 새끼줄을 던진 후 촌장의 집에 가서 상을 발로 걷어차 뒤집어엎었다. 그러나 작년 임산부였던 구라에 비해 터무니없이 힘이 약해서 그릇에 들어 있던 음식이 바닥에 약간 쏟아지는 정도에 그쳤다.

수명을 다한 단풍이 낙엽이 되어 끊임없이 떨어지는데도 소금 굽기는 시작되지 않았다. 작년과 달리 바다가 잔잔한 날이 이어지면서 좀처럼 뱃님을 유인할 만한 사나운 날씨가 찾아오지 않았기 때문이다.

이사쿠는 매일 배를 타고 바다에 나갔는데 이따금 본 적 없는, 크기가 무려 1척 가까이 되는 물고기를 잡기도 했다. 10년에 한두 번 초겨울에 나타난다는 물고기인데 비늘은 은빛으로 반짝이고 잔뼈가 많았다. 경험이 많은 늙은 어부들은 바다가 잔잔한 날이 계속되고 은빛 물고기가 많이 잡히는 현상을 이상하게 여겼다.

낙엽이 지고 마을에는 첫눈이 내렸다. 처음에는 흩날리는 정도였으나 밤이 되면서 점점 더 거세졌고, 다음 날에는 격렬한 눈 폭풍으로 변했다. 마침내 바다 역시 겨울의 기운을 발산했고 파도 소리가 마을 전체를 휘감았다.

사흘 만에 눈이 그치고 마을은 온통 눈으로 뒤덮였다. 사람들은 그날 밤부터 해변에서 소금 불을 피웠다.

겨울철에 바다는 나흘은 사납고 이틀은 잔잔한 경향이 있는데 그런 리듬에는 변함이 없었다. 잔잔한 날에 배를 타고 바다에 나가면 변함없이 은빛 물고기가 잡혔다. 기름기가 적고 담백해서 구워 먹기보다는 칼로 다져서 잔뼈까지 잘라 생으로 먹거나 둥글게 경단처럼 만들어서 국에 넣어 먹었다.

이사쿠는 자기 차례가 오면 저녁부터 새벽까지 소금 굽는 불을 지켰다. 오두막에 피워둔 모닥불에 몸을 웅크리고 깜깜한 바다를 바라볼 때마다 작년 연말에 암초에 걸려 기울어진 뱃님의 모습을 떠올렸다.

해변에서 부서지는 파도가 희뿌옇게 보일 뿐인데 이미 난파된 뱃님이 아닌가 하는 생각이 자꾸 든다. 집 토방에 쌓아둔 가마니의 쌀이 줄어드는 것이 불안했고 언젠가 전부 바닥나리라는 생각에 마음이 편치 않았다. 그나마 자신의 집은 아직 양호한 편이지만 사헤이를 비롯한 마을 사람들의 불안감은 더 클 것이다. 이미 쌀 맛에 익숙해져 그것을 먹지 못하는 생활은 상상할 수 없게 되어버렸다.

이사쿠는 어두운 바다를 계속해서 바라보았다.

거의 매일 눈이 내렸고 마을은 눈에 깊이 파묻혔다. 바다가 사나운 날에 이사쿠는 어구를 손질하거나 장작을 팼다. 이소키치는 뒷산에 가서 덫을 놓고 토끼를 잡아 왔다. 그리고 어머니의 지시에 따라 가죽을 벗기고 살을 발라냈다.

이사쿠는 꿈속에서 사람들의 비명을 듣고 깨어난 적도 있었다. 작년에 이어 뱃님이 오신 것은 아닐까 싶었는데 문밖에서는 파도 소리만 들렸다. 이사쿠는 매서운 추위에 몸을 떨면서 다시 거적 속으로 파고들었다.

해변에서는 계속해서 소금을 구웠고, 어머니는 새벽에 일어나 소금을 나르러 갔다. 어느 해보다 추위가 극심하여 땅에 쌓인 눈이 꽁꽁 얼어붙었다. 해안을 따라 가는 배가 보이는가 하면 먼바다를 항해하는 번 소속 선박이 보이기도 했다. 돛을 세 개 달고 파도를 타고 위아래로 오르내리면서 빠른 속도로 지나가는 배도 있었다.

한 해가 저물어간다. 쌀을 실은 배들이 해안을 지나가는 시기가 지나면서 마을 사람들 얼굴에는 체념의 빛이 짙어갔다. 뱃님이 두 번 연속으로 방문한 적도 있다고들 하지만 이사쿠가 보기에는 마을 사람들의 희망 사항에 불과한 듯했다.

한 해가 저물고 새해가 밝았다. 뱃님이 오리라는 기대는 사라진 지 오래다. 집마다 쌀밥을 짓고 말린 생선을 구웠다. 이사쿠네 집에서도 부처님 앞에 쌀밥을 담은 그릇을 올리고 촛불에 불을 붙였다.

눈 내리는 날씨에 이사쿠는 어머니와 동생들과 함께 성묘하러 갔다. 어머니는 쌓인 눈을 치우고, 모습을 드러낸 묘비 앞에서 오랫동안 합장했다. 봄에 계약이 끝나는 아버지가 무사히 돌아오게 해달라고 기도했을 거라고 이사쿠는 생각했다.

그날 밤에도 쌀죽을 끓여 마시던 어머니는 토방에 쌓인 쌀가마니를 쳐다보고 미소 지으며 말했다.

"아버지가 집에 오면 저 쌀가마니를 보고 깜짝 놀랄 거야."

정월 초하루가 지나자 겨울치고는 드물게 잔잔한 날씨가 이어졌지만 1월 중순이 되자 다시 바다가 거칠어졌다. 이사쿠와 이소키치는 바닷가로 밀려온 목재를 줍거나 산에서 장작을 패며 하루하루를 보냈다. 어머니는 짚을 엮어서 거적을 만들고 베틀로 옷감을 짰다.

1월 말 어느 날 밤, 깊은 잠에 빠져 있던 이사쿠는 갑자기 깨어났다. 혹독한 추위에 발이 꽁꽁 얼어붙었다. 창가에 쳐둔 거적을 보고 새벽이 다가오고 있음을 직감했다.

거적으로 만든 이부자리로 파고들어가 눈을 감았다가 다시 떴다. 몸을 움츠리고 거적 사이로 밖을 내다보았다. 파도 소리에 섞여 사람 목소리가 들리는 것 같았다.

헛것을 들은 줄 알았는데 이번에는 사람이 고함치는 소리가 또렷이 들렸다. 짐승이 포효하는 듯한 굵직한 소리였다.

이사쿠는 벌떡 일어났다. 어머니도 동생들도 잠에 푹 빠졌는지 꼼짝도 하지 않았다. 일어나서 화로 속 잿불을 일으키고 마른 나뭇가지와 장작을 더 집어넣었다. 불길이 치솟으며 집 안이 환해졌다. 이사쿠는 사람 목소리를 듣긴 했으나 환청일 수도 있다고 생각해 손에 불을 쬐며 귀를 기울였다.

다시 사람 소리가 났다. 계속해서 "어~이" 하고 날카롭게 소리치는 남자의 목소리가 들렸다.

이사쿠는 머리가 뜨거워져 큰 소리로 어머니를 깨우며 몸을 흔들었다. 어머니가 몸을 반만 일으켜 이사쿠를 쳐다봤다. 그리고 문밖에서 나는 기척을 살피더니 사람 목소리를 들었는지 벌떡 일어났다.

이소키치도 황급히 옷을 걸치고 그 위에 짚으로 만든 비옷을 덧입었다.

어깨에 도끼를 멘 이사쿠는 괭이와 손도끼를 든 어머니와 이소키치와 함께 밖으로 뛰쳐나왔다. 하늘에는 새벽빛이 퍼지고 별빛은 사라지고 있었다. 수평선이 희미하게 보였다. 사람 목소리가 갯바위 쪽에서 들렸고 그쪽으로 달려가는 사람들 모습이 보였다. 이사쿠와 가족들은 무릎까지 쌓인 눈을 헤치고 나아가며 길을 재촉했다.

갯바위 부근에 이르니 바다에 떠 있는 배가 보였고 바닷가에는 마을 사람들이 모여 있다. 횃불을 손에 든 사람도 있었다. 파도가 갯바위에 부딪쳐 흰 물보라를 일으킨다.

이사쿠는 마을 사람들을 향해 달려갔다.

염불을 외거나 배를 향해 합장하는 사람도 많았다. 촌장이 여러 사람의 부축을 받으며 갯바위로 내려왔다.

"뱃님입니다."

소금 굽기 당번인 곤스케가 촌장 앞에 무릎을 꿇고 떨리는 목소리로 말했다.

촌장은 흥분을 감추지 못한 채 고개를 끄덕였다.

그때까지 침묵을 지키던 마을 사람들 사이에서 환호성이 터져 나왔다. 두 번 연속 겨울에 뱃님이 방문하시다니 이사쿠는 믿을 수가 없었다. 역시 좋은 일은 연이어 오나 보다 하고 생각했다.

하늘이 밝아지면서 배가 또렷이 보였다. 재작년 말에 찾아온 배보다 작았는데 아마도 쌀 100섬 정도 실을, 노후한 늙은이 같은 배였다. 튼튼한 번 소속 배가 아닌 것은 분명했다.

"진정들 하거라."

부촌장 노인이 갈라지는 목소리로 말했다.

사람들은 입을 다물고 바다에 떠 있는 배를 바라보았다.

"난파한 배는 아닌 것 같군."

노인은 속삭이다시피 말했다.

이사쿠는 다시 배를 바라보았다. 정말로 배에는 파괴된 흔적이 없었고 조종키의 날개도 부서지지 않았다. 돛은 없고 돛대만 보였다.

암초 사이에 떠 있는 배는 해변에 점점 더 가까워지고 있다. 화물은 보이지 않았다.

"떠내려온 배인 듯싶은데"

옆에 서 있던 남자가 말했다.

돛이 보이지 않는 것으로 보아, 어느 해안에서 떠내려가 조류를 타고 이 마을의 갯바위까지 흘러왔을지 모른다. 사람은 그림자도 보이지 않는다. 해변에 피워둔 불에 유인되어 온 난파선은 아닌 듯하다.

하늘에 옅은 구름이 깔리고 바다가 밝아졌다. 사람들은 횃불을 껐다.

부촌장 노인이 촌장과 무슨 이야기를 나누다가 잠시 후 마을 사람들을 둘러보고는 말했다.

"배를 타고 가서 화물이 실려 있는지 찾아보고 와라. 파도가 높으니 조심해서 가야 한다."

사내 여럿이 해변으로 달려가 배 세 척에 두 명씩 나눠 타고 앞서거니 뒤서거니 바다로 나아갔다. 배는 격렬하게 오르락내리락 하다가 뱃머리를 돌려 암초를 교묘하게 비켜 가면서 정체 모를 배 가까이 다가갔다.

마을 배 세 척은 속도를 늦추고 암초 사이에 떠 있는 배 옆에 바짝 붙었다.

남자 한 명이 가벼운 몸놀림으로 더 큰 배로 옮겨 타는 것이 보였다. 그는 배 위를 둘러보다가 갑판 아래로 들어갔는지 시야에서 사라졌다.

이사쿠는 불안해졌다. 떠내려온 배라면 위험하지 않을 테지만 배 안에 선원들이 숨어 있다가 마을 남자들을 때려죽일 가능성도 있다. 마을 남자는 무기도 없는 것 같은데 배 안으로 혼자서 들어가다니 무모하다고 생각했다.

이사쿠와 마을 사람들은 배를 바라보았다.

잠시 후에 남자가 다시 나타났고 작은 배로 돌아왔다. 마을 배 세 척이 큰 배에서 멀어져 뭍으로 다가왔다. 촌장이 걸어 나가자 이사쿠와 마을 사람들도 뒤를 따랐다. 배는 파도에 떠밀리며 육지에 닿았다.

사내들은 눈으로 뒤덮인 해변으로 배를 끌어 올렸다. 촌장이 사내들에게 다가갔고 마을 사람들도 뒤를 따라갔다.

배에서 내린 남자 중 한 명이 촌장 앞에 무릎을 꿇었다.

"화물은?"

촌장 옆에 서 있던 부촌장 노인이 물었다.

"화물은 거의 없습니다. 숯 세 가마니 정도와 빈 쌀통만 있었습니다……"

"누가 타고 있었나?"

"전원 죽어 있었습니다. 한 스무 명 정도……. 그런데 모두 붉은 옷을 입었고 죽은 지 얼마 되지 않았는지 썩은 시체는 없었습니다."

"붉은 옷?"

노인이 의아한 표정으로 남자의 얼굴을 바라보았다.

"입고 있는 기모노도 붉은색, 허리띠도 버선도 붉은색. 그리고 이유는 모르겠으나 기둥에 붉은 원숭이 가면이 걸려 있었습니다."

남자도 석연치 않은 표정을 지으며 말했다.

눈이 가루처럼 흩날리기 시작했다. 이사쿠는 살짝살짝 흔들리는 배를 바라보았다.

"쌀통이 비어 있었다니 배에 탄 사람들은 굶어서 죽은 것일 수도 있겠군."

노인이 배를 바라보며 말했다.

깊은 침묵이 흘렀다.

"그러게요. 화물도 싣지 않은 배가 어째서 바다에 나갔을까요?"

마을 유지인 남자가 고개를 갸우뚱하며 말했다.

거친 겨울 바다를 항해하는 이유는 쌀을 비롯해 중요한 화물을 운반하기 위해서다. 선장은 오랜 경험을 토대로 기상 상황을 파악하고 돛을 올린다. 난파의 위험도 따르지만 이는 뱃사람의 숙명이기도 했다

그러한 사정을 생각하면 화물을 싣지 않은 배가 바다를 항해하는 일은 상식을 벗어난 일이다. 거기다 선원들이 한 명도 빠짐없이 붉은 옷을 입고 있다는 점도 이해하기 어려웠다.

"어쩌면 무언가를 축하하는 배일 수도 있겠군."

노인이 겨우 실마리를 풀었다는 듯한 눈으로 말했다.

마을 사람들은 노인의 얼굴을 바라보았다.

"붉은색은 경사스러운 색이다. 장수한 사람을 축하할 때 붉은색 옷을 입히고 그런 사람이 죽었을 때는 천수를 다했다며 관을 붉게 칠한다는 이야기를 들은 적이 있지. 이웃 마을에서 붉은색 옷을 입은 스님을 본 적이 있는데 지위가 높은 스님이었다."

노인은 자신 있는 어조로 말했다.

이사쿠는 노인의 말이 전부 옳다고 생각했다. 마을에서도 출산할 때 아이를 받아주는 여자는 소매를 걷어 올려 붉은 띠로 매는 관습이 있다. 출산은 큰 경사이고 붉은색은 좋은 색이라는 인식이 언제부터인가 마을 사람에게도 스며들어 있었다.

"축하하는 배라면 무엇을 축하하고 있었을까요?"

남자 한 명이 노인의 표정을 살피며 말했다.

"그건 모르겠구나. 무언가 경사스러운 일이 있어 붉은색 옷을 입고 배에 올라탔겠지. 하지만 바다가 갑자기 사납게 변하면서 파도에 휩쓸려버린 게야. 그나마 있던 쌀도 다 먹어버려 추위와 굶주림에 시달리다 죽었을 것이다. 화물이 실려 있지 않으니 그렇게 볼 수밖에 없구나."

노인은 동의를 구하기라도 하듯 재빨리 촌장의 옆모습을 바라봤다.

마을 사람들은 아무 말도 하지 않았으나 고개를 끄덕이는 사람들이 많았다. 배는 이전에 왔던 뱃님과 달리 난파된 것이 아니다. 배에 타고 있던 사람들이 모두 죽었기 때문에 물살과 바람에 휩쓸려 바다를 떠돌다 마을 해안으로 들어왔다고 봐야 한다.

이사쿠는 배에 탄 사람이 입은 옷 색깔이 이 배의 성격을 그대로 보여준다고 생각했다. 아침 일출 태양의 붉은색 같았다. 하루의 시작이자 인간이 삶을 지속할 수 있음을 의미하는 빛깔이기도 하다. 석양의 붉은 빛도 하루 일을 무사히 끝냈다는 위안을 주고 내일의 해가 뜬다고 약속해주지 않는가. 붉은 옷을 입은 사람들을 태운 배의 방문은 마을에 축복이라고 생각했다.

"부촌장님."

배 내부를 보고 온 남자가 머뭇거리며 말했다.

노인은 남자를 쳐다봤다.

"배 안에 있던 시체 말인데요, 모두 얼굴과 손발에 부스럼 자국이 있었습니다. 끔찍한 흉터였습니다."

남자는 얼굴을 찌푸렸다.

"부스럼?"

마을 사람들은 노인과 남자의 얼굴에 시선을 고정했다.

노인은 의아하다는 표정을 지었다.

눈발이 갑자기 거세졌다. 노인은 바다에 떠 있는 배를 바라보았다.

"부스럼도 여러 종류가 있는데, 어떤 부스럼이었는가?"

노인이 답답한 듯 남자에게 물었다.

남자는 고개를 갸웃거리며 잠시 생각에 잠겼다가 말했다.

"배 안은 어두워서 잘 보이지 않았지만 두드러기와 비슷한 부스럼이었습니다."

그러고는 노인의 얼굴을 올려다보았다.

이사쿠 옆에 서 있던 남자가 말했다.

"두드러기라면 상한 날것이나 등 푸른 생선을 먹었겠지. 쌀이 떨어져 굶주림에 시달리다 그런 생선을 먹었을 가능성도 있어."

"하지만 두드러기였다면 하루 안에 없어졌을 거야. 시신에 남은 부스럼 자국은 두드러기가 아닌 다른 병에서 온 것이 아닐까?"

중년 남자가 반박했다. 그러자 남자는 입을 다물었다.

"무슨 병에 걸린 자들이지?"

또 다른 남자가 추위에 덜덜 떨리는 목소리로 물었다.

"열꽃일 수도 있겠군."

대답하는 노인의 얼굴에 미소가 스쳐 지나갔다.

이사쿠는 처음 들어보는 병명이었는데, 노인이 어째서 웃으면서 말하는지 영문을 알 수 없었다.

"열꽃?"

젊은 남자가 노인을 바라봤다.

중년 남자가 말했다.

"그런 병에 대해 들어본 적이 없나 보군. 이웃 마을에 갔을 때 열꽃이 난 남자들을 여러 명 보았지. 얼굴과 팔다리에서 고름과 농이 흘러나와. 고름 모양이 매화나 목화와 비슷하고 고열에 시달릴 때도 있기 때문에 열꽃이라고 부른다네."

그러고 나서 배 안을 보고 온 남자를 향해 물었다.

"배 안에 있던 시신의 몸에 난 부스럼이 붉은 꽃을 닮지 않았는가?"

"나도 이웃 마을에서 그런 남자가 길옆에 앉아 있는 모습을 본 적이 있는데 분명 부스럼 모양이 똑같았어. 두드러기와는 좀 달랐어."

남자가 대답하며 연신 고개를 끄덕였다.

이사쿠는 그들이 주고받는 말을 들으면서 자신이 아직 모르는 것이 많다는 사실을 새삼 느꼈다. 이웃 마을에 가보기는 했지만 그런 부스럼이 있는 남자를 본 적은 없다. 무엇 때문에 그런 끔찍한 병에 걸리는지 궁금했다.

남자 여럿이 해변에 쌓인 눈을 모래가 나올 때까지 판 후, 소금을 구울 때 머무는 임시 오두막에서 나뭇가지와 장작을 가져다 불을 피웠다. 촌장이 불 앞에 섰고 이사쿠와 마을 사람들도 불 주위를 감쌌다.

　노인이 입을 열었다.

　"무언가를 축하하기 위해 배에 탄 사람들이라고 생각했는데 아닌 것 같다. 아무래도 벌을 주기 위한 배였던 것 같다. 열꽃은 음탕하고 몸 파는 계집들과 놀기 좋아하는 남자들이 걸리는 병이다. 매춘하는 계집 중에는 몸에 옴 오른 것들이 많은데 그 독이 음경을 통해 몸속으로 퍼진다. 열꽃은 음탕하게 논 자들에게 신이 내리는 벌로, 마을 지도자나 촌장이 부스럼에서 악취를 풍기는 자들을 모아 배에 태워 먼바다로 보내버린 것이다. 배에 돛도 노도 없는 이유는 바다 끝까지 추방한다는 것을 의미하지 않겠느냐?"

　이사쿠는 비로소 병의 원인을 알았다. 이웃 마을에는 집들이 죽 늘어서 있고 길 위를 사람과 소가 오간다. 돈을 내면 음식을 주는 집이 있고 상인들이 있는 집도 많다. 돈만 있으면 배를 비롯해서 어떤 물건이든 손에 넣을 수 있다. 사람들은 불편이라곤 모르고 사는 것처럼 보이지만 향락을 즐긴 대가로 열꽃 같은 무서운 병의 위협을 받고 있다. 노인이 열꽃이라는 단어를 입에 올린 순간 웃은 이유는 남녀 교합으로 발병하기 때문임을 이사쿠는 깨달았다.

　잠자코 있던 촌장이 부촌장 노인 쪽으로 얼굴을 돌리고 입을 열었다.

"저 배에 화물이 실려 있지 않더라도 뱃님이라는 사실은 변함이 없다. 마을에 뱃님이 오신 이상 이대로 바다로 돌아가시게 해서는 안 된다."

노인은 조용히 고개를 끄덕이고 말했다.

"말씀하신 대로입니다. 다만 위에서 보셔서 아시겠지만 꽤 오래된 배라 설령 선재를 취한다고 해도 나무 말고는 거의 쓸모가 없습니다. 배 안에는 도구 따위도 없어 보이지만 일단 있는 것을 옮기겠습니다. 추가로 가치가 있는 것을 말씀드리자면, 시신이 착용한 의류입니다."

"부스럼이 난 시신의 옷을 가졌다가 독이 옮을 염려는 없겠는가?"

가늘게 뜬 촌장의 눈은 걱정스러운 기색이 역력했다.

"그런 일은 없을 것입니다. 열꽃은 옴이 오른 여자의 음부에 남성의 음경이 들어가면서 독이 옮는 병입니다. 설령 부스럼의 고름이나 피가 묻은 옷이라고 해도 잘 빨아 사용하면 해롭지 않습니다."

노인은 확신에 찬 어조로 대답했다.

촌장은 안도했는지 몇 번이나 고개를 끄덕였다.

"붉은 옷은 이웃 마을에 가야 볼 수 있습니다. 정말로 고귀한 옷이지요. 아이들에게 나눠 주어 경사가 있을 때 사용하게 하시지요. 어쩌면 붉은 옷이 손에 들어온 것은 길조일 수도 있습니다."

노인의 말에 촌장은 다시 고개를 끄덕였다.

노인이 마을 사내들을 향해 고개를 돌리고 힘 있는 목소리로 지시를 내렸다.

"그럼 배에 가서 시신이 입고 있는 옷과 도구를 가져와라. 일을 마치면 배는 바다로 끌고 가서 물살에 떠내려 보내야 한다. 표류하면서 거센 파도를 만나다 보면 머지않아 파도에 휩쓸려 가라앉을 것이다."

사내들은 고개를 숙여 예를 표하고 배가 있는 곳으로 달려갔다. 바다로 나간 배는 다섯 척이었다.

배가 파도를 타고 오르내리며 줄지어 나아간다. 눈이 더 거세게 내린다. 마을 배는 맹렬한 폭설을 뚫고 좌초된 배 가까이 다가갔다.

이사쿠는 도끼를 눈 속에 꽂아놓고 배의 움직임을 지켜보았다.

배를 좌초된 선박 옆에 바짝 붙이고 옮겨 탄 마을 남자들이 안으로 사라졌다. 부스럼으로 뒤덮인 죽은 사람의 몸과, 그런 몸에 입혀진 옷을 벗기는 사람들의 모습이 그려졌다.

이윽고 붉은 물체를 마을 배 쪽으로 전달하는 모습이 보였다. 양이 상당했는데 좌초된 배에 올라탄 남자들은 그것을 마을 배에 탄 사람들에게 여러 차례 건네주었다.

뒤이어 도구로 보이는 것들이 운반되고 괴선박에 올랐던 남자들도 마을 배로 옮겨 탔다. 이윽고 좌초된 배와 멀어진 다섯 척의 배는 암초 사이를 누비며 해변으로 돌아왔다. 이사쿠와 마을 사람들은 자잘한 파도가 밀려 들어오는 바닷가에 모였다.

배가 연달아 해변으로 들어왔다. 이사쿠와 마을 사람들은 남자들에게 건네받은 옷과 도구를 촌장 앞으로 운반했다. 옷에는 부스럼에서 흘러나온 고름의 악취가 배어 있을 거라 예상했는데 곰팡이 냄새 외에 다른 냄새는 나지 않았다.

"옷감은 튼튼하구나. 게다가 이 붉은 빛깔도 아름다워."

부촌장 노인이 옷가지를 펼치며 만족스러운 듯 눈을 반짝였다.

띠와 버선도 선명한 붉은색이었는데 이사쿠는 어떻게 하면 저런 색으로 염색할 수 있을까 감탄하며 신기해했다. 피나무 껍질로 짠 천보다 두께가 훨씬 얇고 광택이 난다. 여자들 사이에서 조용히 감탄하는 소리가 들렸다. 배에서 가져온 도구는 쌀통, 숯가마, 나무로 만든 화로, 냄비, 가마솥이 있었고 빨간색으로 칠해진 원숭이 얼굴 가면도 있었다.

촌장이 연거푸 재채기를 하며 마을 유지들과 함께 해변을 빠져나갔다. 노인은 마을 사람들에게 옷과 도구를 촌장 집으로 옮기라고 지시했다.

남자 몇 명이 집에 가서 밧줄을 등에 짊어지고 돌아와 배에 싣고 노를 저었다. 배는 열 척이었다.

마을 배를 좌초된 배 옆에 대고 밧줄로 묶었다. 남자들이 장대를 손에 들고 배를 암초에서 벗어나게 하려고 힘을 썼고 잠시 후 배가 바다 위에서 출렁거렸다.

열 척의 배는 먼바다로 향했다. 밧줄이 팽팽해지고 죽은 사람을 태운 배가 끌려간다. 어부들이 노 젓는 소리가 희미하게 들리며 마을 배들은 내리는 눈 속으로 사라졌다.

좌초한 배를 끌고 먼바다로 나갔던 마을 배가 해변에 돌아온 것은 미시(未時, 오후 2시경)가 지나서였다. 눈은 그쳤다.

해변으로 나온 촌장과 부촌장 노인 앞에 무릎을 꿇은 사내들은 배를 확실히 북동쪽으로 떠내려 보냈다고 보고했다. 노인은 고개를 끄덕였다.

촌장은 뱃님의 방문을 감사하는 의미로 기도했고 이사쿠와 마을 사람들도 촌장을 따라 바다를 향해 두 손을 모았다. 구름 사이로 희미하게 비치는 햇살이 먼바다를 밝혔다.

촌장이 합장한 손을 풀자 노인이 말했다.

"뱃님께서 선사하신 옷은 어린 여자아이와 성인 여자들에게 주기로 했다. 지금부터 촌장님 댁에서 분배할 것이다. 남자들에게 줄 것은 없다."

남자들 사이에서 낄낄거리는 소리가 들렸다.

촌장과 노인이 걸어 나갔고 이사쿠와 마을 사람들도 뒤를 따랐다. 여동생과 어머니도 옷을 받을 수 있다. 선명한 붉은색 의류가 이제 우리 집 재산이라고 생각하니 신이 났다.

마을 유지들은 촌장의 집 안으로 들어갔고 이사쿠와 마을 사람들은 토방으로 들어갔다. 옷가지는 단정하게 개어져 다다미방에 놓여 있다. 옷을 본 여자들 얼굴에는 들뜬 기색이 역력했고 기쁨을 감추지 못해 싱글벙글 웃는 여자도 있었다.

노인이 촌장에게 깊이 머리를 숙이고 나서 일어섰다.

"의류는 총 스물세 벌이 있으니 나이가 어린 순으로 스물세 명의 여자아이에게 줄 것이다. 버선과 띠를 어떻게 분배할까 고민했는데 붉은색은 장수를 축하하는 의미도 있고 촌장님께서 나이 든 여자가 더욱 건강하게 살기를 바라셔서 나이 많은 순으로 분배하기로 했다.

노인은 말을 마치고 마을 사람들을 둘러보았다.

노인이 자리에 앉자 남자 세 명이 일어서서 옷 옆에 섰다.

남자 한 명이 어린 여자아이의 이름을 부르면 또 다른 남자가 옷을 머리 위로 들고 무릎을 꿇었다. 어린 여자아이의 부모가 앞으로 나와 앉아서 옷을 받았다. 옷을 두세 벌 받는 집도 있었다. 그들은 촌장에게 엎드려 절했다.

남자의 입에서 이사쿠 여동생 가네의 이름이 흘러나왔다. 어머니는 옷을 하사받았다. 어머니의 눈은 반짝이고 입은 치열을 드러내고 있었다.

허리띠와 버선은 노파들에게 나누어 주었는데 빛깔이 화려해서 수줍게 미소 짓는 사람들의 기분 좋은 웅성거림이 여기저기로 퍼져 나갔다. 이사쿠는 옷이 여자들을 매우 들뜨게 한다고 생각했다.

옷 분배가 끝나자 노인이 다시 한 번 촌장에게 머리 숙여 인사한 후, 사람들 앞에 섰다.

"이것으로 뱃님의 은혜는 전부 분배했다. 고귀한 옷감이니 경사스러운 일에만 사용하고 소중히 여겨 대대로 물려줄 수 있도록 하여라. 그리고 옷은 죽은 자들이 입던 것이니 깨끗이 빨아 써야 한다."

노인의 말에 이사쿠와 마을 사람들은 엎드려 절을 올렸다.

촌장의 집에서 나오자마자 여자들은 돌연 떠들썩하게 수다를 떨기 시작했다. 원래 어른이 입었던 옷이라 뜯으면 어린 여자아이 옷을 두세 벌도 만들 수 있겠다고 말했다. 노파들 중에는 허리띠로 속옷을 만들겠다는 사람도 있어서 웃음소리가 터져 나왔다.

이사쿠는 여자들 틈에서 마치 다른 사람이 되기라도 한 것처럼 생기 있는 표정을 짓는 어머니를 보면서 눈 쌓인 길을 걸어서 집으로 갔다.

집으로 돌아온 어머니는 붉은 옷을 조상님의 위패 앞에 놓고 나무 접시에 등유를 조금 부어 불을 켰다. 토방에서 이소키치는 장작을 패고 가네는 놀고 있었는데 어머니가 오라고 손짓하자 동생들은 마루로 올라와 위패 앞에 앉았다.

이사쿠와 동생들은 어머니와 함께 손을 모아 기도했다. 어둠이 퍼진 집에는 신불의 가호를 비는 등불 빛이 깜빡거렸다.

어머니는 가마니에서 쌀을 퍼서 죽을 끓였다.

"아버지가 돌아오는 날에는 붉은 옷을 입게 해줄게."

죽을 홀짝이는 가네를 향해 어머니가 말했다.

이사쿠는 어머니 마음속에 언제나 아버지가 있음을 다시 한번 느꼈다. 봄이 되면 아버지가 3년 계약을 마치고 돌아오는데 그때 가네에게 붉은색 옷을 입히고 온 가족이 아버지를 맞이하는 모습을 상상했다. 그을린 연기가 피어오른다. 집 안을 밝히는 은은한 등불 빛이 이 집 형편과는 어울리지 않는 붉은 옷을 비춘다. 불빛을 받는 부분만 밝고 화려하게 빛나는 것 같았다.

다음 날 아침, 바다가 몹시 잔잔하여 이사쿠는 이소키치와 고기잡이에 나설 준비를 했다. 어머니는 이미 집 뒤쪽 개울에서 붉은 옷을 빨고 있었다. 이웃집 여자도 옷을 빨고 있는지 어머니와 활기찬 목소리로 대화하는 소리가 들렸다.

이사쿠는 배를 바다에 띄우고 암초 근처에서 낚싯줄을 드리웠다.

이소키치가 손가락으로 가리키는 곳을 본 이사쿠는 자신도 모르게 미소 지었다. 마을 여기저기에 붉은 옷이 걸려 있었기 때문이다. 흔들리는 것은 옷과 허리띠이고 붉은색 열매처럼 보이는 것은 버선일 터이다. 눈 덮인 산 비탈길을 등지고 앉은 마을이 알록달록해 보였다.

저녁에 해변으로 돌아왔을 때쯤에는 붉은색 옷들이 사라졌다. 이사쿠는 노를 어깨에 메고 이소키치와 함께 집으로 돌아왔다. 붉은 옷이 벽에 걸려 있었다. 더러움이 다 씻겨 내려가자 붉은빛은 더욱 선명해졌으며 은은한 광택을 머금고 있었다. 부촌장이 소중히 보관하라고 했는데 아닌 게 아니라 다시는 구할 수 없는 귀중한 물건처럼 보였다.

이소키치도 붉은 옷 앞에 서서 눈을 반짝이며 한참을 바라봤다.

8

마을은 여전히 하얀 눈으로 뒤덮여 있었지만 혹독한 겨울 추위는 한풀 꺾인 듯했다. 처마에 매달려 있던 고드름은 어느새 사라지고 개울 위로 수증기가 피어오른다. 2월에 접어들자 진눈깨비가 내렸다.

어머니 말에 따르면 벌써 붉은 옷을 뜯어서 어린 여자아이 몸에 맞게 바느질을 시작한 집도 있다. 어머니는 온화한 눈빛으로 벽에 걸어둔 붉은 옷과 가네의 몸을 번갈아 보곤 했다.

바다가 잔잔한 날이 이어지고 추위도 한결 누그러졌다. 어머니는 붉은 옷을 조심스럽게 뜯어서 가네의 등솔기와 소매

길이와 기장을 확인하고 잘랐다. 그렇게 마름질한 옷감을 가네 몸에 대어보며 바늘로 고정했다.

예년보다 봄이 이르게 찾아오면서 마을을 뒤덮고 있던 눈이 녹기 시작했다. 지붕에 쌓인 눈에 균열이 생기더니 소리를 내며 미끄러져 떨어졌다. 촌장은 소금 굽기를 멈추라고 지시했다.

다음 날 저녁 고기잡이를 마치고 돌아온 이사쿠는 어머니에게 사촌 형 다키치의 아이가 고열 증상을 보이더니 중태에 빠졌다는 이야기를 들었다. 작년 1월 하순에 태어난 여자아이인데 아픈 곳 하나 없이 건강했고 체격이 좋은 구라의 아이답게 유난히 발육이 좋았다. 이사쿠는 갯바위에서 일하는 구라를 따라 아장아장 걸어 다니는 모습을 종종 봤다. 그 아이가 중태에 빠졌다니 믿을 수가 없었다.

"눈 녹는 계절에는 고뿔에 들기 쉬워. 그러니 추위가 조금 누그러졌다고 해서 옷을 얇게 입으면 안 된다."

어머니는 죽이 잘 끓는지 확인하면서 말했다.

젖먹이 아기의 갑작스러운 죽음은 드문 일이 아니어서 부모는 아이가 태어나 다섯 번째 새해를 맞이할 때까지 안심하지 못한다고 한다. 특히 겨울에 많이 사망하는데 차가운 바닷바람이 병의 원인이라고 알려져 있다. 다키치의 아이는 구라하고 갯바위에 종종 나와 있던 탓에 고뿔에 걸린 것 같다.

다음 날, 바다가 거칠었다. 이사쿠는 눈 덮인 뒷산에서 땔 감용 고목을 베어 토방으로 가져와 장작을 팼다. 이소키치도 거들기는 했으나 몸이 나른하다며 몇 번이나 도끼를 휘두르던 손을 멈추고 쉬었다.

밤이 되어도 바람은 잦아질 기미가 없었고, 해안으로 밀려오는 파도 소리는 집을 휘감았다.

동이 틀 무렵 이사쿠는 눈을 떴다. 몸을 뒤척이며 거적 속으로 파고들었는데 덮고 있던 거적이 희미하게 흔들리는 것을 느꼈다. 바람 때문에 거적 한쪽이 펄럭이는 줄 알았으나 어디선가 신음소리가 들려서 거적 밖으로 고개를 내밀었다.

화롯불에 잠자는 이소키치의 얼굴이 희미하게 보였다. 눈을 감고 있는 이소키치 몸에 덮여 있는 거적이 격하게 흔들린다. 이가 부딪히는 소리도 들렸다. 이사쿠는 그제야 이소키치의 떨림이 자기 자리까지 전달되고 있다는 것을 알았다.

"이소, 왜 그래?"

이사쿠는 이소키치의 얼굴을 들여다보았다.

"추워서……"

이소키치가 눈을 떴다. 목소리가 떨렸고 말끝을 흐렸다.

"오늘 밤은 안 추운데 왜 그러지?"

이사쿠는 의아해하며 이소키치 몸에 거적을 잘 덮어주려다 어깨에 손이 닿았다. 불덩이처럼 뜨거웠다. 이사쿠는 이소키치 이마에 손을 대보았다.

"열이 심하네."

"몸이 떨리고⋯⋯ 머리도 아파."

이소키치는 얼굴을 찡그렸다.

이사쿠는 잠자리에서 기어 나와 화로에 장작을 넣었다.

"무슨 일이냐?"

어머니가 몸을 반쯤 일으키고 물었다.

이사쿠는 이소키치가 몸이 불덩이 같고 두통을 호소하고 있다고 말했다.

"나도 열이 난다. 아무래도 고뿔에 걸린 것 같구나. 탕약을 달일 테니 물을 끓여라."

어머니는 일어나서 윗옷을 겹쳐 입은 뒤 이소키치 옆으로 다가갔다.

이사쿠는 살얼음이 얼어 있는 통에서 물을 떠 냄비에 붓고 화로에 걸었다. 어머니는 물에 적신 천을 이소키치의 이마에 얹었다.

물이 끓어올랐다. 어머니는 토방으로 가서 새끼줄에 매달아 말린 차조기 잎을 가져와 끓는 물에 넣었다. 잎이 퍼지더니 뜨거운 물속을 오르내린다. 이사쿠는 불의 세기를 조절하면서 이소키치의 얼굴을 살폈다.

잠시 후 어머니가 이소키치를 반쯤 일으킨 다음 갈색으로 변한 탕약을 그릇에 떠서 마시게 했다. 몸의 떨림이 그릇까지 전해져 탕약을 쏟을 뻔했으나 이소키치는 인상을 쓰면서 다 마시고 다시 몸을 누였다.

어머니는 우메보시(일본식 매실 절임-옮긴이) 과육을 펼쳐서 이소키치 이마 양 끝에 문질렀다.

"이제 아침이 되면 두통도 사라질 게다."

어머니는 그렇게 말하고 자신도 달인 약을 마셨다.

이사쿠는 화롯가를 나와서 거적으로 만든 이부자리로 돌아갔다. 몸이 식어서 발이 움츠러들었다. 잠자리의 온기는 돌아오지 않았다.

화로 속 불꽃을 바라보다가 어느새 잠 속으로 빠져들었다.

울음소리가 들려서 눈을 떴다.

가네 옆에 앉아 있는 어머니의 등이 보였다. 가네는 다 쉬어가는 목소리로 울고 있었다. 집 안으로 희미한 새벽빛이 스며들고 있었다.

거적 이불의 흔들림은 멈췄다. 이사쿠는 이소키치의 얼굴로 눈길을 돌렸다. 달인 약이 효과가 있어서 열이 내렸나 싶었는데 이소키치가 입을 반쯤 벌리고 숨을 가쁘게 몰아쉬고 있었다. 이마를 짚어보고 너무 뜨거워서 깜짝 놀랐다. 이소키치는 눈을 감고 있지만 잠든 것 같지는 않았다.

이사쿠는 일어나서 화롯불에 손을 녹이며 어머니에게 말했다.

"가네, 어디 아픈 거 아니에요?"

"열이 심하다. 머리가 아프다고 우는구나."

어머니는 등을 돌린 채 대답했다.

이사쿠는 일어서서 어머니 어깨 너머로 가네를 보았다. 벌게진 얼굴로 입을 크게 벌리고 울고 있다. 겨울이 끝나갈 무렵에 유행하는 고뿔은 가족에서 가족으로 옮아 모든 식구가 한 사람도 빠짐없이 앓아눕는 경우도 있다. 그래도 보통 이삼일 누워서 달인 탕약을 마시면 낫는다.

이사쿠는 토방에 있는 장작더미를 화로 옆으로 옮겼다. 그리고 평소처럼 밖에 나가서 바다를 바라보고 하늘을 올려다보았다. 바람은 잦아들었고 별빛은 희미해져 수평선이 어슴푸레하게 보였다. 파도도 잔잔해졌는지 보이는 것은 바닷가에서 흩날리는 하얀 거품뿐이었다.

"바다는 어떠하냐?"

어머니가 화롯불에 냄비를 올리며 말했다.

"이제 큰 파도는 가라앉았는데 이소키치도 가네도 열이 심하니까……."

"바다에 나가지 않겠다는 말이냐? 동생들 간호는 내가 한다. 어부가 고기잡이를 쉰다니 말이 되느냐?"

어머니의 목소리는 엄했다. 두 아이가 고열이 나서 초조해
진 것 같았다.

이사쿠는 바다에 나갈 채비를 했다.

그날 오랜만에 혼자서 고기를 잡았다. 한 손으로 노를 저으
며 낚싯대를 다뤘다. 다른 어부들처럼 다리를 뻗어서 노를 저
어보려고 했지만 아직 체구가 작은 이사쿠에게는 쉬운 일이
아니었다.

정오쯤, 해초로 감싼 좁쌀 주먹밥을 먹었다. 산 한쪽에서
눈보라가 치는 모습을 보고 눈사태가 시작되었다는 것을 알
았다. 지붕마다 쌓여 있던 눈도 대부분 떨어졌다. 올해는 봄
물고기인 큰 정어리 떼가 평소보다 이른 시기에 해안에 나타
날 수도 있겠다 싶었다.

목소리가 들려서 돌아보니 사헤이의 배가 다가오고 있었
다. 이사쿠는 황급히 주먹밥을 다시 해초로 감쌌다.

사헤이가 자신의 배를 이사쿠 배 옆에 나란히 대고 말했다.

"너네 집에는 열나는 사람 없어?"

"있어. 이소키치하고 가네가 아프고 어머니도 오한이 든다
고 했어."

"역시 그렇군."

사헤이의 표정이 어두워졌다.

"뭐 알고 있는 거라도 있어?"

이사쿠는 사헤이의 얼굴을 의아하게 바라보았다.

"열로 고생하는 사람이 꽤 많은 것 같아. 내 여동생도 고열에 시달리고 있어. 그리고 오늘 고기 잡으러 나온 배가 평소보다 적은 거 눈치챘어? 고기 잡는 사람 자신이나 가족이 병에 걸려서 그런 거야."

파도의 너울거림이 아직 거칠어서 고기잡이를 쉰다고 생각했는데, 사헤이의 말을 듣고 이사쿠는 새삼 바다를 둘러보았다. 이 정도 파도라면 많은 배가 바다에 나왔을 것이다.

"그러고 보니 적네. 고약한 고뿔이 유행하나 보군."

이사쿠는 혼잣말하듯이 말했다.

"너는 괜찮은 거야?

사헤이가 바다 쪽으로 눈을 돌리며 말했다.

"응. 괜찮아."

"우리 둘 다 조심하자. 바닷바람은 몸에 독이나 다름없어. 해가 기울면 바람도 차가워지니까 그 전에 뭍으로 돌아가는 것이 좋을 거야."

사헤이는 다시 노를 저으며 멀어져갔다.

마음씨가 따뜻한 사내다. 이사쿠는 멀어지는 사헤이의 배를 보면서 생각했다. 예전에는 얄미운 면도 있었지만 나이가 들수록 온화해져서 이사쿠를 같은 바다에서 일하는 친구로 챙기고 걱정하며 살갑게 대한다. 이사쿠는 사헤이에게 배울

점이 많다고 느꼈다.

이사쿠는 점심 식사를 마치고 다시 낚시에 전념했다.

해가 저물기 시작하자 뱃머리를 해변으로 돌렸다. 사헤이
가 충고한 바도 있거니와 가족들 몸이 걱정되어 빨리 집으로
돌아가고 싶었다. 바닷가를 둘러보았지만 조개와 해초를 찾
으러 나온 사람들이 한 명도 보이질 않았다. 병에 걸린 사람이
많다는 사헤이의 말을 뒷받침하는 것 같아서 왠지 섬뜩했다.

해변으로 배를 끌어 올리고 한쪽 어깨에는 노를 짊어지고
다른 어깨에는 생선을 담은 바구니를 메고 집으로 향했다. 기
다란 그림자가 모래사장에서 마을 쪽으로 움직인다.

토방에 들어간 이사쿠는 집 안을 보았다. 동생들에 이어 어
머니까지 바닥에 등을 대고 누워 있어서 놀랐다.

"괜찮으세요?"

이사쿠는 어머니 곁으로 다가갔다.

"몸이 뜨겁고…… 너무 추워서 못 일어나겠구나."

어머니의 마른 입술이 움직였다.

이사쿠는 바다에서 빨리 돌아오길 잘했다고 생각했다. 가
족들을 돌보면서 집안일도 해야 한다. 뒷문으로 나가서 통에
개울물을 담고 눈을 퍼 담았다. 집으로 돌아와 천을 물에 담
갔다가 짠 다음 어머니와 이소키치 그리고 가네의 이마에 얹
어주었다. 약을 달이고 냄비에 쌀을 넣어 죽을 만들었다. 쌀

은 아픈 데 효험이 있다고 하니 이런 때는 아까워하지 말아야 한다.

이소키치와 가네는 두통을 호소했는데 가네는 자지러질 듯 울었다. 젖은 천은 금세 뜨끈해졌고 이사쿠는 그럴 때마다 천을 물에 담갔다가 다시 대주었다.

그날 밤 이사쿠는 뜬눈으로 어머니와 동생들을 간호했다. 어머니의 호흡이 거칠어졌다. 다음 날 열은 더 높아졌고 가족들은 두통뿐 아니라 허리 통증도 호소했다. 특히 어머니는 허리 통증을 견디기 힘들었는지 입을 손으로 틀어막고 이를 악물며 괴로워했다. 이사쿠는 고기를 잡으러 나가지 않고 가족들을 돌보는 데 힘썼다.

정오가 지났을 무렵, 부촌장 노인이 기척도 없이 남자 두 명을 데리고 이사쿠네 집 토방에 들어왔다. 노인은 누워 있는 어머니의 모습을 보고 인상을 찌푸렸다.

방에 있던 이사쿠는 토방으로 내려가 무릎을 꿇었다.

"너희 집 식구들도 병이 든 것이냐? 언제부터 열이 나기 시작했느냐?"

노인이 어머니와 동생들을 보면서 물었다.

"동생들은 어제 저녁부터이고, 어머니는 어제 오후 지나서부터입니다.

"너는 아무 이상 없는 것이냐?"

이사쿠는 그렇다고 대답했다.

"지독한 고뿔이 퍼지고 있다. 촌장님도 열이 나서 누워 계신다. 촌장님 집에서 병마를 쫓는 기도를 올리고 있으니 너희 집에서도 조상님 위패 앞에 등불을 밝히거라."

노인은 집마다 같은 말을 전달하고 돌아다녔는지 막힘없이 술술 말했다. 그리고 다시 한번 아파서 누워 있는 가족들의 모습을 본 후에 함께 온 남자들과 집 밖으로 나갔다.

이사쿠는 집 안으로 들어가 위패 앞에 등불을 밝혔다. 노인의 말에 따르면 마을 사람들 대부분이 고뿔에 걸렸다. 하지만 촌장까지 병석에 누워 있으리라고는 상상도 못 했다.

집 뒤쪽을 흐르는 개울물 소리가 며칠 전부터 커지고 있었다. 산에 쌓였던 눈이 본격적으로 녹기 시작하면서 개울물이 불어나고 있다. 봄기운이 짙어지니 유행성 고뿔도 곧 멈추리라 생각했다.

그러나 다음 날 어머니와 동생들의 열은 더욱 높아졌고 어머니도 이소키치와 가네처럼 끙끙 앓는 소리를 내기 시작했다. 허리 통증도 더 심해졌는지 이사쿠에게 주물러달라고 한다. 억센 어머니가 그런 말을 하다니 고통이 얼마나 심한 걸까. 이사쿠는 이마에 얹는 천을 갈고 달인 약을 먹였다.

약효가 있었는지 아니면 고비를 넘겼는지 다음 날 아침 이소키치와 가네에 이어 어머니까지 열이 내렸다. 두통과 허리 통증도 약해지고 끙끙거리지도 않았다. 어머니와 동생들은 초췌해진 얼굴로 안도했다는 표정을 지었다.

이사쿠는 가족들의 병세가 호전되어 기뻐했으나 잠시 후 어머니와 동생들 얼굴에 이상한 일이 생기기 시작했다. 얼굴이 조금 부어올랐고 피부에는 땀띠 같은 것이 퍼져 있었다. 발진은 점차 붉게 퍼지면서 저녁에는 팔, 다리, 등, 가슴에도 나타났다.

다음 날 아침, 이사쿠는 발진으로 뒤덮인 어머니와 동생들 얼굴을 보고 깜짝 놀랐다. 어머니는 이소키치와 가네 얼굴에 생긴 발진이 자신에게도 나타나고 있음을 깨닫고 손가락을 얼굴에 대고 고개를 갸웃거렸다.

"열이 높아서 땀띠가 생겼나?"

어머니는 동생들 얼굴을 석연치 않은 표정으로 바라보았다.

오랜만에 바람이 거세게 부는 아침이었다. 부서지는 강한 파도 소리가 귓가에 휘몰아쳤다.

이사쿠는 어머니와 동생들 몸에 왜 발진이 돋았는지 이해할 수 없었다. 고뿔에도 다양한 증상이 있으니 그중에는 발진 증상을 보이는 고뿔도 있을 수 있다. 열이 내린 다음에 발진이 생긴 것으로 짐작하건대, 아무래도 회복될 때 나타나는 증상인 듯싶다.

열이 내리자 어머니와 동생들은 기분이 한결 나아졌는지

상반신을 일으켜 세우고 이사쿠가 지은 점심을 먹었다. 하지만 고열로 몸이 쇠약해진 탓에 앉아 있기가 힘들어 보였고, 그릇을 내려놓자마자 바로 몸을 눕히고 눈을 감았다. 이사쿠는 잠자면서 숨을 거칠게 몰아쉬는 어머니의 얼굴을 바라보았다. 발진이 생긴 부위는 아침나절보다 더 부어올랐고 내부에 투명한 액체가 들어 있었다. 이소키치와 가네의 몸에 생긴 발진 증상도 어머니와 같은 경과를 보이고 있었다.

입구에 걸려 있는 거적문이 살짝 열렸다.

이사쿠는 토방에서 내려왔다. 촌장 집 남자 하인이 문밖에 서 있었다.

"너희 집에도 병든 사람이 있다고 들었는데 얼굴에 부스럼이 나지는 않았어?"

남자 하인은 의심 어린 눈으로 물었다.

"부스럼 정도는 아니지만 땀띠 비슷한 것이……"

"역시 났구나. 일단 당장 바닷가로 가. 부촌장님께서 긴히 할 말이 있으시대."

남자 하인은 황급히 말하고 이웃집 쪽으로 서둘러 걸어갔다.

이사쿠는 화로의 불을 끄면서 생각했다. 남자 하인이 한 말로 미루어 보아 발진이 돋은 사람은 어머니와 동생들뿐만이 아니다. 만일 마을 사람들이 대부분 같은 시기에 고열이 나고 똑같이 발진에 시달렸다면 이 고뿔은 유행성인 데다가 전염

213

력도 강하다.

부촌장이 병자를 돌보는 사람들을 해변으로 모이게 하여 적절한 치료법에 관해 알려줄 것이다.

이사쿠는 눈에 빠지지 않도록 설피를 신고 집을 나섰다. 바람이 강하게 불었지만 추위를 느끼지 못했다. 길은 눈에 덮여 있었으나 군데군데 땅이 보였다. 해변에서 소금을 굽기 위해 만든 오두막에 남자와 여자가 앉아 있었고 부촌장은 서 있었다. 이사쿠는 무릎을 꿇고 부촌장에게 머리를 깊이 숙여 인사했다.

부촌장 옆에 생각지 못한 노인이 젊은 남자의 부축을 받으며 앉아 있었다. 몇 년 전에 지팡이를 짚고 걸어 다니는 모습을 본 적이 있다. 이 노인의 이름은 진베이라 부르는데 쇠약해져서 집 안에 누워만 있다고 들었다. 오랫동안 부촌장을 지내며 촌장의 신임을 받았지만 노쇠하여 그 역할을 현재의 부촌장에게 내주었다. 머리는 하얗고 숱이 거의 없으며, 치아가 없는 입은 반쯤 열려 있다. 그런 사람이 해변에 와 있는 이유를 알 수가 없었다.

마을 사람들은 진베이의 등장에 심상치 않은 낌새를 느끼고 조용히 앉아 있었다.

"모두 모인 듯싶구나. 중요한 이야기를 할 테니 잘 들어라. 진베이 어르신께서 어쩌면 마을 사람들이 앓고 있는 병은 고뿐이 아니라 훨씬 더 무서운 병일지도 모른다고 하셨다. 진베이 어르신은 몸이 몹시 불편하신데도 마음이 쓰여 큰 걸음 해 주셨다."

부촌장은 침통한 표정으로 말한 뒤 진베이를 향해 고개를 숙였다.

진베이가 일어서려고 하자 젊은 사내 두 명이 양쪽에서 안아 일으켰다. 노인은 움푹 들어간 눈을 크게 뜨고 몸은 떨고 있었다.

"젊은 시절 이웃 마을에 갔을 때였지. 나는 타국에서 온 남자와 한 숙소에서 묵었어. 그 남자는 천연두(두창)라는 병에 걸린 적이 있는데 남자의 얼굴에 흉측하게 얽은 자국이 있기에 물어보니 그 병을 앓으면서 생긴 흉터라더구나. 천연두는 유행병인데 고열에 시달리다가 얼굴과 손발에 부스럼이 생기고 끝내는 미쳐 죽는 사람도 있다고 했다. 설사 죽음을 면한다 해도 부스럼 자국이 얼굴과 몸에 추하게 남는다지. 너무나 섬뜩한 병이라서 지금도 잊히지 않는구나."

진베이는 거기까지 말하고는 괴로운 듯이 숨을 시근거렸다.

이사쿠는 두려웠지만 설마설마했다. 가족들의 얼굴과 손발에 부스럼 같은 것이 나기는 했으나 열이 내렸고 고비도 넘긴 것 같다. 회복 기미가 보이는 가족들이 미쳐서 죽는다니 상상도 할 수 없는 일이었다.

"나는 너무 두려워서 병을 낫게 해줄 약이 있는지 물었다. 남자는 없다고 했지. 그러면서 신불에 기도를 올리고 붉은색 옷으로 몸을 감싸는 것만이 유일한 방법이라는 말을 덧붙이더구나. 나는 뱃님에 실려 있던 시체들이 붉은색 옷을 입고 있다고 들었을 때만 해도 천연두를 떠올리지 못했어. 하지만 붉은 원숭이 가면이 있었다는 이야기를 듣고 혹시나 했다. 천연두는 사람에서 사람으로 옮겨 가는 죽을병이니까 재앙을 막기 위해 붉은색 원숭이 가면을 사용한 것은 아닐까 하고 말이야. 붉은색 옷을 입은 시체는 그들이 천연두에 걸린 자들이라는 사실을 증명하는 것이나 다름없다. 그런 생각을 하니 몹시 괴롭구나."

진베이는 목소리를 쥐어짜며 안간힘을 다해 말한 뒤 허물어지듯 모래에 털썩 주저앉았다.

마을 사람들은 꼼짝도 하지 않고 앉아 있었다. 이사쿠는 원숭이 가면을 떠올렸다. 원숭이 얼굴이 붉은 것은 당연하지만 머리도 안구도 붉은 것은 희한했다. 진베이 말처럼 그것은 재앙을 막기 위한 조치였는지도 모른다.

부촌장은 한동안 침묵하다가 어두운 표정으로 입을 열었다.

"만일 진베이 님이 염려하신 대로라면 그때 온 배는 뱃님이라고 할 수 없다. 아마도 어느 마을에서 천연두라는 역병이 더는 퍼지지 않도록 병에 걸린 자들을 쫓아내기 위해 사용한 배일지도 모르지. 아픈 자들은 바다를 표류하는 사이에 숨이 끊어졌고, 배는 우리 마을 암초에 걸렸다. 그런 사실을 모르는 우리는 옷을 가져갔다가 거기에 묻은 독에 당한 것일 수도 있다. 촌장님은 부스럼 고름이 묻은 옷이 해롭지 않겠느냐고 물으셨는데 걱정할 필요 없다고 말한 것은 나였다. 만일 사람들을 괴롭히는 이 병이 고뿔이 아니라 천연두라면 그것은 내 탓이다."

부촌장의 얼굴이 일그러졌다.

무거운 침묵이 마을 사람들 사이로 퍼졌다.

"어떻게 하면 좋을까요?"

한 남자가 낮은 목소리로 물었다.

진베이도 부촌장도 남자를 쳐다보지 못하고 침묵을 지켰다.

이사쿠는 가만히 어머니의 증상을 지켜보았다.

그날도 그다음 날도 열은 내렸으나 부스럼은 점점 더 많아져 얼굴을 뒤덮고 팔, 다리, 목덜미, 가슴, 등으로 퍼졌다. 몸이 뻐근해 보이고 식욕도 없다. 어머니는 이사쿠의 보살핌에 의지하고 있는지 파도가 잔잔한 날인데도 고기를 잡으러 나가라고 재촉하지 않았다. 이사쿠는 달인 탕약을 먹이고 땀을 닦아주었다.

해가 서쪽으로 기울 때쯤, 입구에 걸어둔 거적이 살짝 열리더니 촌장 집 남자 하인이 얼굴을 들이밀며 나오라고 손짓했다. 이사쿠는 토방을 내려가 거적문 밖으로 나갔다. 부촌장이 남자 둘과 함께 서 있었다.

부촌장은 걱정스러운지 가족의 병세가 어떤지 물었다. 이사쿠는 열이 내리는 것으로 보아 낫고 있는 것 같다고 대답했다.

"부스럼은?"

부촌장이 이사쿠의 얼굴을 바라보았다.

"많아졌어요. 얼굴이 가장 심하고 입, 코 심지어 귓속에까지 생겼습니다."

이사쿠의 대답에 부촌장은 말없이 고개를 끄덕였다. 그의 어두운 표정을 통해 마을 환자들이 똑같은 증상을 보인다는 사실을 알 수 있었다.

"여쭙고 싶은 것이 있습니다. 만일 어머니와 동생들이 걸린 병이 천연두라는 역병이라면 이들을 보살피는 저도 병에 걸려야 하는 것이 아닌가요? 그리고 가족들도 열이 내리고 있습니다. 아무래도 우려하시는 끔찍한 역병은 아닌 듯합니다."

이사쿠는 부촌장의 침울한 표정을 보고 걱정이 지나치다고 생각했다.

"진베이 님은 이런 말씀을 하셨다. 아무리 무서운 역병이라 해도 세 명 중 한 명만이 병에 걸려 죽고, 한 명은 병에 걸려도 죽지 않고, 나머지 한 명은 병에 걸리지도 않는다고 말이야. 역병으로 인간이 전멸하지 않도록 신께서 자비를 베푸시는 것이라 할 수 있겠구나. 만일 그렇다면 너와 우리가 아프지 않은 것도 이상한 일은 아닌 셈이지.”

부촌장은 속삭이듯이 말했다.

남자 한 명이 걷기 시작하자 부촌장은 어두운 표정으로 마을 길 쪽으로 걸어 나갔다.

이사쿠는 집에 들어와 화롯가에 앉았다. 가네는 칭얼대고 있고 어머니는 거친 숨을 몰아쉬며 잠을 자고 있다. 다른 환자들 상태가 어떠한지는 모르겠으나 어머니와 동생들은 곧 나을 것 같다.

이사쿠는 저녁을 준비하려고 토방으로 갔다.

그날부터 이틀 동안은 어머니와 동생들이 열이 내려서 다행이라 여기며 간호했는데 사흘째 되는 날 밤에는 부촌장과 진베이의 우려가 현실이 되어버린 것 같아 불안감이 엄습했다. 갑자기 열이 오르고 부스럼이 더욱 빽빽하게 돋아났다.

가네는 계속해서 구토하고 칭얼대고, 어머니와 이소키치는 두통과 복통을 호소하며 신음했다. 이마에 손을 대보았는데 열이 너무 높아서 깜짝 놀랐다.

다음 날 아침 이사쿠는 집 안에 드리운 아침 햇살에 비친 어머니와 동생들의 얼굴을 보고 까무러칠 뻔했다. 부스럼 안에 고인 점액은 노랗게 변했고 부스럼은 짓물러서 고름이 흘러나왔다. 눈도 고름으로 꽉 막혔는데 어머니와 동생들은 손가락으로 닦을 힘도 없어 그저 숨만 거칠게 몰아쉬고 있었다.

이사쿠는 마침내 어머니와 동생들이 걸린 병이 고뿔이 아니라 진베이가 말한 천연두라는 사실을 인정했다. 병에 걸렸다기보다는 저주가 내린 것 같았다. 천연두라는 병명의 어감도 왠지 기분 나빴다.

어머니와 이소키치는 짐승처럼 울부짖었고 가네는 쉰 목소리로 칭얼대다가 가끔 경련을 일으켰다. 탕약은 전혀 효과가 없어서 어머니와 동생들을 어떻게 돌봐야 할지 감이 잡히지 않았다.

이사쿠는 불안에 떨며 집을 나와서 해변으로 달려갔다. 부촌장을 중심으로 마을 사람들이 모여 있지 않을까 생각했지만 아무도 없어서 촌장님 집으로 향했다. 가족들을 구할 방법을 누군가 알려주길 바랐다.

촌장 집으로 이어지는 비탈길을 오르자 마당에 서 있는 열 명 가까이 되는 남녀가 보였다. 그들의 얼굴은 창백했다.

"얼굴에서 고름이 흘러나와요."

이사쿠는 그들에게 달려가서 큰 소리로 외쳤다.

"우리 가족들도 그래. 모든 환자의 얼굴이 고름으로 뒤덮였어"

중년 남자가 떨리는 목소리로 말했다.

집 안에서 부촌장이 나왔다. 흰 수염으로 가려진 그의 얼굴은 매우 수척했고 눈은 충혈되어 있었다.

노인은 모여 있는 사람들을 둘러보고 힘없는 목소리로 말했다.

"진베이 어르신이 말씀하신 대로 마을 사람들은 천연두에 걸린 게 틀림없다. 촌장님의 눈도 고름으로 막혀 있다."

"병세를 누그러뜨릴 방법이 있을까요?

한 남자가 슬픈 목소리로 물었다.

부촌장은 말했다.

"신불에 기도하는 것 외에는 방법이 없다."

부촌장은 그렇게 말하고 고개를 숙인 채로 마당을 나가 비틀거리며 비탈길을 내려갔다.

마을은 어수선해졌다. 앓아누운 사람들의 증상은 대부분 같았고, 착란 상태에 빠진 사람들도 많아 보였다. 이사쿠의 가족 중에는 가네가 확실히 착란 증상을 보였는데 울음소리인지 웃음소리인지 모를 기괴한 소리를 내며 벌떡 일어나기를 반복했다. 그럴 때마다 이사쿠는 가네를 거적으로 된 이부자리에 눕혔다.

다음 날 아침, 밤사이 죽은 사람이 있다는 소식이 들렸다. 이사쿠의 집에서는 가네의 병세가 악화되었고 정오 무렵 심한 경련을 일으킨 끝에 아이는 숨이 멎었다. 어머니도 이소키치도 의식을 잃은 상태여서 가네의 죽음을 알지 못했다.

그날 부촌장이 유언장을 집에 남기고 까마귀곶 근처 낭떠러지에서 뛰어내려 목숨을 끊었다. 파도가 부서지는 바위에 부딪혀 머리가 깨져 숨졌다. 촌장에게 남긴 유언장에는 고름으로 더럽혀진 붉은색 옷을 해롭지 않다고 판단하여 집집마다 분배한 탓에 마을에 끔찍한 역병이 퍼지게 한 것을 깊이 사과하고 죽음으로 죄를 갚겠다고 적혀 있었다.

시신은 부촌장의 아들이 배에 실어서 먼바다에 떠내려 보냈다. 자살은 죄악으로 여겨 땅에 묻지 않고 바다에 떠내려 보내는 것이 마을의 관습이었다.

부촌장의 죽음으로 마을은 더욱 혼란스러워졌다. 사망자가 급격히 증가했지만 어떻게 처분하라는 지시는 내려지지 않았고 병에 걸리지 않은 사람들은 그저 불전 앞에서 등불을 밝히고 기도나 할 뿐이었다. 죽은 사람을 묻을 관을 만들 여유가 없어서 각 집마다 시신을 방치하고 있었다.

결국 예전에 부촌장을 역임했던 진베이가 남자 두 명과 함께 마을을 돌며 지시를 내렸다. 많은 시체를 묘지로 옮기기에는 사람이 부족하니 바닷가에서 태우고 다음 날 유골을 묘지에 안장하라고 했다.

이사쿠는 가네의 시신을 멍석에 말아서 집 밖으로 옮겼다. 그때도 어머니와 이소키치는 의식이 없었고 고열로 괴로워했다.

이사쿠는 모래사장에 목재를 우물 정 자 모양으로 쌓고 거기에 가네의 시신을 올려놓았다. 마른 가지에 불이 붙자 목재가 타기 시작했다. 멍석 사이로 드러난 가네의 얼굴이 불길에 휩싸이는 광경을 보고도 눈물이 나오지 않았다. 마을 사람들이 이쪽저쪽에서 불을 피우고 있었다. 가족의 죽음을 슬퍼하는 마음은 잊은 듯, 저마다 시신에 들어간 역병의 독을 태우는 데 열중하는 것처럼 보였다.

죽은 사람 중에는 갓난아기와 어린이가 많았고, 젊은 남녀와 노인도 있었다. 이사쿠는 장작과 마른 나무를 불속에 넣고 대나무 장대로 가네의 시신을 찔러 넣어 불길이 내부까지 통과하도록 했다.

저녁 무렵에 이사쿠는 뼈를 주워 통에 담았다. 양은 많지 않았다.

집으로 돌아와서 위패 앞에 통을 놓고 생선을 구웠다. 어머니와 이소키치를 일으켜 음식을 먹이려 하였으나 숨만 헐떡일 뿐 대답이 없다. 입속 콧속 할 것 없이 고름이 가득 차 있었다.

그날 밤, 강풍을 동반한 비가 집까지 휘몰아쳤다. 다음 날, 비는 그쳤으나 바람 때문에 집이 삐걱거렸다.

이사쿠는 어머니와 이소키치를 돌보며 조용히 시간을 보냈다. 얼굴과 팔다리가 더욱 부풀어 올랐고 말라붙은 고름 아래로 새 고름이 흘러나왔다. 피부가 안 보일 정도로 빽빽하게 부스럼이 올라 가면을 쓴 것 같았고 고름이 계속 흘러나왔다.

진베이의 지시를 받은 심부름꾼이 와서 딱지가 자연스레 벗겨지면 병이 나은 것이니 일부러 딱지를 떼어내지 말라는 당부의 말을 전했다. 이사쿠는 딱지로 뒤덮인 어머니와 이소키치의 입 주변에 생긴 작은 틈으로 죽을 부어주었다.

해변에서는 연일 시신을 내우는 불길이 치솟았다. 이사쿠도 불안한 마음에 해변에 나가 장작 운반을 도왔다. 촌장은 중태이기는 해도 아직 살아 있다고 했다.

날씨가 조금씩 풀리면서 잔잔한 바다에 안개가 끼는 날이 많아졌다. 뒷산에 쌓였던 눈은 사라졌지만 저 멀리 보이는 산봉우리에서는 여전히 하얀빛이 반짝였다.

해변은 시체를 태우고 남은 그을린 목재 잔해로 뒤덮였고, 때때로 그 위에 불을 피우는 사람도 있었다. 다행히 사망자 수는 점점 줄어들었는데 마을에 퍼졌던 병이 잦아들고 있다는 뜻이었다.

3월 초, 아침에 일어난 이사쿠는 어머니의 왼쪽 눈 부분을 덮고 있던 딱지가 떨어져 나가는 것을 보았다. 어머니의 눈이 이사쿠를 향했다.

"가네는 죽었구나."

입을 덮고 있는 딱지가 움직이더니 웅얼거리는 목소리가

새어 나왔다.

이사쿠는 고개를 끄덕이며 대답했다.

"많은 사람이 죽었어요."

어머니는 조용히 눈을 감았다.

그날 밤부터 어머니와 이소키치는 미친 사람처럼 고통에 몸부림치며 비명을 지르기 시작했다. 딱지 아랫부분이 참기 어려울 정도로 가렵지만 긁으면 상태가 악화할까 봐 그러지도 못하고 딱지 위를 손으로 누르며 고통을 견뎠다.

다음 날도 가려움증은 심했으나 열은 내렸다. 그리고 다리를 뒤덮고 있던 딱지가 군데군데 떨어졌고 손에도 같은 증상이 나타났다. 얼굴에 있던 딱지에서도 더는 고름이 흘러나오지 않았는데 그 위로 마른 가루 같은 것이 퍼졌다

시체 태우는 연기가 더 이상 피어오르지 않는다. 이사쿠의 어머니와 동생의 가려움증도 서서히 약해졌고 얼굴에 생긴 딱지가 떨어질 기미가 보인다. 이사쿠가 자연스럽게 떨어질 때까지 기다리는 것이 좋겠다고 말했지만 어머니는 견딜 수 없는지 구멍처럼 생긴 상처에 손가락을 넣어 딱지를 긁어 떼어냈다. 다행히 아무런 일이 생기지 않았고 음식도 먹을 수 있게 되었으나 딱지를 떼어낸 부분은 피부가 이상할 정도로 하얗고, 부스럼이 있었던 부분만 파였으며 피부가 붉었다.

이사쿠는 드디어 어머니와 이소키치가 회복되었다고 생각

했다.

"눈이 안 보여"

이소키치의 말을 들은 이사쿠는 얼굴빛이 변했다. 이소키치의 양쪽 눈 중심부에는 별처럼 보이는 것이 솟아 있었다.

어머니와 이소키치는 몸을 일으켜 화롯가에 앉을 수 있게 되었는데 아무 말도 하지 않을 때가 많았다. 날이 갈수록 부스럼의 붉은 기운은 점점 흐려졌으나 얼굴을 비롯해 목덜미, 어깨, 팔다리 곳곳에 오목하게 파인 부분은 그대로 남았다.

이사쿠는 가네의 유골을 집에 그대로 두면 안 된다고 생각해서 뼈를 항아리에 담은 후 산길을 따라 올라가 묘지에 묻었다. 묘지에서는 중년 여자가 시체 두 구를 묻으려고 괭이를 휘두르고 있었다.

며칠 후 아침, 병에 걸리지 않은 사람들은 한 명도 빠짐없이 해변에 모이라는 전갈을 받았다.

이사쿠는 해변으로 갔다.

소금 굽는 오두막 옆에 서른 명쯤 되는 남녀가 서 있었다. 이사쿠는 소수만이 병에 걸리지 않았음을 확인하고 역병이 얼마나 심하게 퍼졌는지 다시 한번 실감했다.

이사쿠는 자신도 모르게 마을 사람들 얼굴을 살폈다. 동갑내기 사헤이는 있었는데 다미의 모습은 보이지 않았다.

남자 네 명이 촌장을 태운 가마를 들고 해변으로 내려왔다.

촌장의 얼굴에는 부스럼 자국이 생생히 남아 있었다. 이사쿠와 마을 사람들은 납작 엎드렸다.

사람들은 모래사장에 가마를 내려놓았다. 진베이의 아들 만베이가 가마에 앉아 있는 촌장 앞에 무릎을 꿇었다. 목소리를 낮춘 채 촌장과 대화를 나누었고, 촌장이 고개를 끄덕이자 일어서서 마을 사람들에게 말했다.

"촌장님 분부로 내가 새롭게 부촌장 역을 맡게 되었다. 끔찍한 재앙이었지만 천연두도 사라졌다. 지금부터 촌장님의 말씀을 전하겠다. 죽은 사람의 유골을 보관하고 있는 집은 가능한 한 빨리 묘지로 가져가서 매장해라. 그리고 지금까지 환자를 돌보는 데 매진하느라 힘들었겠지만 건강한 자들은 고기를 잡으러 나가고 갯벌에서 조개를 줍고 또 밭을 일구도록 하여라. 그럼 이제 촌장님과 함께 바다를 향해 기도를 올리겠다."

만베이는 촌장 옆에 앉았다.

촌장이 두 손을 모으자 이사쿠와 마을 사람들도 바다를 향해 합장했다. 주위에서 오열하는 소리가 들렸고 이사쿠의 눈에도 눈물이 고였다. 그때까지 느끼지 못한, 가네를 잃은 슬픔이 가슴에 밀려왔다. 물고기가 펄떡거리듯 심하게 경련하다가 숨이 끊어진 여동생이 가여웠다.

그날 뼈를 담은 자루와 상자를 들고 묘지로 향하는 사람들을 보았다. 이사쿠는 다리를 질질 끌며 산길을 올라가는 다미의 아버지를 보고 그가 가슴에 품은 상자에 든 것이 다미의 유골인지도 모른다고 생각했다.

다음 날은 물살이 거친 탓에 바다에 나가지 못했고 그다음 날 아침, 이사쿠는 오랜만에 배를 타고 바다에 나갔다. 이소키치의 눈 안에 생긴 별은 색이 짙어서 병이 나아도 사라질 것 같지 않다. 실명하더라도 노는 어떻게든 다룰 수 있겠지만 당분간 배는 탈 수 없을 듯했다.

어느새 정어리가 몰려왔고 낚싯줄을 드리우자 바로 입질이 오더니 비늘을 반짝이며 올라온다. 다른 배에서도 연신 고기를 끌어 올리는 것이 보인다.

저녁으로 큰 정어리를 구웠다.

어머니는 정어리를 먹으면서 중얼거리듯 말했다.

"산속에 복숭아꽃이 피기 시작했겠지."

이사쿠는 어머니의 얼굴을 유심히 살펴보았다. 아버지가 마을에 돌아올 시기가 가까워졌음을 새삼 깨달았다. 아버지가 고용 하인으로 일하러 나간 3년 동안 데루와 가네가 병으로 죽고 이소키치는 실명했다. 아버지는 깊이 탄식할 테고 어머니는 아버지를 만나는 기쁨보다 두려움이 더 클 것이다. 게다가 추하게 변해버린 얼굴을 남편에게 보이기도 괴로울 것이다.

이소키치는 넋 나간 표정으로 앉아 있었고 어머니는 서서 일할 수 있을 만큼 호전되었다. 집을 나갈 때는 얼굴을 조금이라도 숨기려고 천으로 가렸다. 이사쿠가 마을 길에서 만나는 여자들도 천으로 얼굴을 가리거나 삿갓을 쓰고 있었다.

갯바위에서 일하는 여자들 사이에 다미가 있었다. 죽지 않았구나 싶어 가슴이 뭉클해졌다. 다미는 얼굴을 천으로 가리고 삿갓을 썼다. 다미의 얼굴에 곰보가 잔뜩 퍼져 있다는 뜻이었다.

병으로 죽은 사람들 이름이 서서히 알려졌다. 사촌 다키치 집에서는 아이가 죽고 다키치는 실명했다. 삿갓을 쓴 구라의 손을 잡고 걸어가는 다키치의 모습도 보았다. 어머니는 말린 정어리를 소쿠리에 담아 다키치 집으로 가져갔다.

달이 기울기 시작한 밤, 촌장의 집에서 징 치는 소리와 불경 외는 소리가 끊임없이 들렸다. 이사쿠는 처음에 누가 죽은 줄 알고 놀라서 마을 사람들과 황급히 촌장의 집으로 달려갔는데 촌장은 부촌장 만베이와 함께 불경을 외고 있었다. 짚으로 만든 깔개를 겹쳐서 등에 대고 벽에 기대어 앉아 있는 진베이의 모습도 보였다.

이사쿠는 병마 퇴치를 축하하는 기도로 알고 집으로 돌아와 조상들의 위패 앞에 놓인 등잔에 불을 붙였다.

촌장의 집에서 나는 불경 소리는 그날뿐만이 아니라 매일 해가 지면 시작되어 늦은 밤까지 이어졌다. 진베이를 비롯해 만베이와 마을 유지들은 촌장 집에 묵으면서 징을 치고 불경을 읊었다.

이사쿠는 쌀을 한 움큼 집어 그릇에 담아 촌장 집 툇마루에 놓고 불단을 향해 합장했다. 방 안 분위기가 심상치 않았다. 촌장을 비롯해 방 안에 있던 사람들은 무언가에 홀린 듯이 눈에 핏발을 세우며 징을 격하게 쳤다. 그들의 목소리는 완전히 쉬어 있있다.

달이 낚싯바늘처럼 야윈 밤, 다리가 불편한 사람과 어린아이를 제외하고 한 명도 빠짐없이 촌장 집 마당에 모이라는 전갈을 받았다.

이사쿠는 이소키치의 손을 잡은 어머니와 함께 횃불로 발 아래를 비추며 서둘러 밤길을 걸었다. 집마다 횃불이 솟아올랐고 어느 지점에서 합류하여 비탈길을 올라 촌장 집 마당에 모였다. 사람들은 마당에 도착하자 불을 끄고 무릎을 꿇었다. 여러 개의 횃불이 땅바닥에 꽂혀 있었다.

이사쿠는 마을이 평온을 되찾은 것에 감사하는 기도를 올리리라 생각했다. 무릎을 꿇고 정자세로 앉아 있는 마을 사람들 얼굴도 진지했다.

촌장이 집 안에서 나와 넓은 툇마루에 앉았다. 이사쿠와 마을 사람들은 납작 엎드렸다.

이사쿠는 고개를 들고 촌장의 얼굴을 바라보았다. 횃불에 비친 촌장의 얼굴은 온통 흉측한 곰보 자국으로 뒤덮여 있었다.

방에서 토방으로 나온 진베이가 아들 만베이와 다른 사내의 부축을 받아 끌려 나오듯이 촌장이 앉아 있는 넓은 툇마루로 다가왔다. 이사쿠와 마을 사람들은 머리를 깊이 숙였다.

"내가 하는 말을 잘 듣거라. 천연두는 오르락내리락하는 유행병이다. 천연두 독에 물든 자들은 마을에 머물러서는 안 되고 산속에 들어가야 한다. 설령 병이 낫더라도 독에 당한 자가 마을에 머물면 언젠가는 숨어 있던 천연두가 다시 모습을 드러내 건강한 자들에게 옮겨 간다."

진베이의 몸이 심하게 떨리는 이유는 그가 울고 있기 때문이었다. 횃불의 불빛에 뺨을 타고 흐르는 눈물이 반짝였다.

이사쿠는 예상치도 못한 진베이의 말에 몸이 굳어버리고 어떻게 해석해야 할지 몰라 당황했다.

진베이는 고개를 약간 숙였다가 다시 얼굴을 들고 말했다.

"나는 사람들을 산으로 추방하자는 말을 입 밖으로 꺼내는 것이 괴로워서 고민했다. 하지만 산으로 내쫓지 않으면 독이 마을에 남아 다시 병이 퍼지고 결국에는 모두 죽어서 마을은 소멸하고 말 것이다. 나는 오로지 마을의 안위를 위해 촌장님께 이 일을 아뢰기로 결심했다. 촌장님도 병독에 휩쓸려 얼굴과 몸이 망가지셨다. 나는 그런 말씀을 드리는 것이 너무나 송구하였으나 촌장님은 주저하시지 않고……"

거기까지 말하고 피리 소리 같은 울음소리를 내며 무너져
내리듯 바닥에 얼굴을 묻었다.

만베이의 뺨에도 눈물이 흘러내렸으나 그는 진베이가 중
단한 대목에서 말을 이어갔다.

"촌장님은 마을 사람이 모두 죽어 소멸한다면 조상님 뵐
면목이 없을 거라며 스스로 산으로 나가겠다고 말씀하셨다."

만베이는 말문이 막히는지 여러 번 말을 멈췄다.

이사쿠는 몸이 얼어붙었다. 촌장 집에서 불경을 외고 징을
친 이유가 산으로 추방되기 전에 기도를 올리기 위해서였다
는 사실을 깨달았다.

산으로 추방당한다는 말은 마을을 떠나 평생 산에 들어가
서 산다는 의미일까? 산나물이나 들짐승을 식량으로 삼을 수
는 있지만 양이 얼마 되지 않아 금세 굶주림에 시달릴 것이
다. 산으로 추방되면 얼마 못 가 죽을 수밖에 없다.

이사쿠는 당황했다. 집에서 병에 걸리지 않은 사람은 자신
뿐이었고, 어머니와 실명한 이소키치는 천연두 독에 물든 사
람이라 산으로 내쫓기는 처지가 된다.

마을 사람들은 갑자기 동요하기 시작했다. 서로 얼굴을 마
주 보는가 하면 아직 상황을 파악하지 못했는지 촌장과 만베
이를 바라보는 사람도 있었다.

이사쿠는 옆에 앉아 있는 어머니와 이소키치를 쳐다볼 수

가 없었다. 어머니와 이소키치가 짓고 있을 표정을 보기가 두려워 고개를 돌릴 수 없었다.

마을 사람들 사이에서 작은 속삭임이 새어 나오더니 곧 큰 웅성거림으로 번져 나갔다. "큰일이 났구나"; "헤어져야 한다고?" 두려움에 떠는 목소리가 이사쿠 가까이서 들린다. 마을 사람들은 어쩔 줄 몰라 하며 몸을 움직였다.

"부촌장님"

젊은 사내의 슬픈 목소리가 마을 사람들 사이에서 들렸다.

만베이가 목소리가 들리는 방향으로 살짝 고개를 돌렸다.

"산으로 내쫓기는 자들은 평생 마을에 돌아오지 못하는 것입니까?"

만베이는 고개를 끄덕였다.

젊은 사내는 절규하다가 다시 입을 열었다.

"산에 들어가면 굶어 죽게 됩니다. 이웃 마을이나, 우리 마을에서 멀리 떨어진 곳으로 가면 안 되는 것입니까?"

"안 된다. 다른 마을로 옮겨 가면 거기에도 천연두가 퍼지고 만다. 우리 마을 사람들이 천연두에 당한 것도 배에 탄 시체들의 붉은색 옷에 묻은 독 때문이었다. 다른 땅의 사람에게 피해를 주는 것은 옳지 못하다."

만베이는 흘러내리는 눈물을 닦지도 않고 단호한 어조로 말했다.

갑자기 마을 사람들 사이에서 흐느끼는 소리가 터져 나왔다. 이사쿠의 가슴에서도 무언가 뜨거운 것이 솟아올랐다. 어머니와 이소키치와 헤어져야 한다는 사실을 견딜 수가 없어서 자신도 함께 산에 들어가고 싶었다.

만베이의 쉰 목소리가 들렸다.

"촌장님은 산으로 떠나기 전에 불경을 외셨다. 여한 없이 충분히 경을 외셨으니 독이 마을에 머물지 않도록 하려면 한시라도 빨리 마을을 떠나야 한다고 하시며 새벽 인시 무렵에 출발하겠다고 하셨다."

만베이의 말에 울음소리는 한층 더 격해졌다.

"나와 함께 산속으로 가자."

촌장이 어린아이 같은 목소리로 말했다.

촌장이 일어나서 방 안으로 들어간다. 이사쿠와 마을 사람들은 울면서 엎드려 인사했다.

"집으로 돌아가서 출발 준비를 하고 인시까지 작별 인사를 나누거라. 단, 배웅하는 사람은 집 밖으로 나가서는 안 되느니라."

만베이가 큰 소리로 말했다.

마을 사람들이 힘없이 일어서 나갔고 이사쿠도 뒤를 따랐다. 그들은 고개를 푹 숙이고 촌장 집 마당을 나와 완만한 비탈길을 내려갔다.

가느다란 초승달이 걸린 밤하늘은 반짝이는 별로 가득 차 있었다. 바다는 고요했고 보이는 것이라곤 갯바위에 밀려든 작은 파도와 그런 파도가 일으키는 하얀 물보라뿐이었다.

이소키치의 손을 잡은 어머니가 앞장서서 걸어가 집으로 들어갔다.

어머니는 화로에 불을 피우고 화롯가에 이소키치를 앉힌 후에 위패 앞에 앉아서 두 손 모아 기도했다.

이사쿠는 토방에 앉아 흐느껴 울었다. 어머니와 이소키치와 함께 산으로 들어가고 싶었으나 이는 마을 규칙을 어기는 것이다. 이렇게 헤어져야 한다면 차라리 죽는 편이 낫다고 생각했다.

"이사쿠, 울지 말거라."

어머니의 고운 목소리가 들렸다.

이사쿠는 머리를 감싸쥐었다.

어머니는 토방으로 내려가더니 가마니 안의 쌀을 퍼서 냄비에 담았다.

"촌장님과 함께 산에 들어갈 수 있어 마음이 든든하구나. 데루도 죽고 가네도 죽었다. 이런 상황에서 아버지를 맞는다 생각하니 괴로웠는데 산에 들어가면 그나마 변명의 여지가 있지 않겠니? 이소키치가 아직 어려서 가엾긴 하나 몸이 독에 물들었으니 받아들여야지."

어머니는 불에 장작을 더 넣으며 속삭이듯이 말했다.

이사쿠는 슬퍼할 때가 아니라고 생각했다. 인시까지는 얼마 남지 않았다. 어머니와 이소키치가 마을을 떠나는 것은 이미 확정된 일이니 남은 시간을 함께 보내야 한다고 스스로에게 말했다.

이사쿠는 일어서서 마루에 있는 화로로 다가가 앉았다.

손을 뻗어 이소키치의 손을 잡았다. 이소키치는 아무 말 없이 가만히 있었다.

쌀알이 물속에서 춤을 추다가 바로 가라앉더니 밥이 지어졌다.

"죽이 아닌 밥을 지어서 미안하지만 가능하면 한 달 정도는 살아서 촌장님 옆을 지키고 싶구나. 그러려면 먹을 것이 있어야 하니……"

어머니는 밥을 퍼서 다시마로 쌌다. 그런 다음 말린 정어리를 대나무 껍질로 둘둘 말고 포대에 다섯 되 정도 되는 쌀을 담았다.

이사쿠는 어머니가 움직이는 모습을 눈으로 쫓았다. 곰보가 퍼진 어머니의 얼굴은 이상하게도 슬퍼 보이지 않았다. 눈빛은 맑았고 표정은 온화했으며 입가는 미소를 머금은 것처럼 보이기까지 했다.

어머니는 토방 구석에 놓여 있던 붉은색 옷을 집어 들고 뒷문으로 나갔다. 이사쿠는 뒷문 밖을 내다보았다. 어머니는 장작에 불을 붙여서 그 위에 옷을 펼쳤다. 바로 불길이 일었다.

별의 위치가 크게 달라졌고 달도 그늘에 가려졌다. 이사쿠는 인시가 다가오고 있음을 알았다.

집 안으로 돌아온 어머니는 다시 위패 앞에서 합장하고 출발할 준비를 했다. 쌀을 담은 포대는 등에 메고, 다시마에 싼 주먹밥과 대나무 껍질로 둘둘 만 말린 생선 꾸러미는 줄로 묶어 이소키치로 하여금 등에 짊어지게 했다. 횃불에 불을 붙인 다음 어머니는 이소키치의 손을 잡고 토방으로 내려갔다.

"아버지를 잘 모시고 살거라."

어머니 눈에 처음으로 반짝이는 것이 고였다.

어머니는 이소키치와 집 밖으로 나갔다.

이사쿠는 문간에서 횃불을 들고 등을 보이며 걸어가는 어머니와 이소키치를 배웅했다. 횃불이 마을 길을 따라 내려간다. 가까이 다가온 다른 불과 합류하여 촌장 집으로 향하다 길옆에 튀어나온 바위에 가려졌다.

이사쿠는 서서 기다렸다.

잠시 후, 뒷산 기슭에 횃불 행렬이 솟아오르고 그것이 희미하게 흔들리며 올라간다.

긴 행렬이었으나 줄 뒷부분이 오그라들더니 이윽고 숲 속으로 사라졌다. 저 행렬에는 어머니와 이소키치, 그리고 다미와 다키치도 있을 것이라고 이사쿠는 생각했다.

별이 가득한 하늘에 희미하게 새벽 기운이 감돌고 있었다.

이사쿠는 넋이 나간 상태로 하루하루를 보냈다.

며칠 후, 만베이가 찾아와서 고기를 잡으러 나가라고 했다. 그는 마을에 남은 자들이 일에 집중하지 못하자 집집마다 돌며 그렇게 말하고 다니는 것 같았다.

그후 이사쿠가 처음 배를 띄운 것은 3월 하순이었다. 이틀 연속 내리던 비가 그쳐서 하늘은 푸르렀으나, 바람은 여전히 세차게 불어 파도가 높았다. 정어리가 낚일 기미는 보이지 않았으나 이사쿠는 아무래도 상관없었다.

이사쿠는 배를 이동시키며 낚싯줄을 늘어뜨렸다. 정신이 나갈 정도로 비늘을 반짝이던 정어리들도 이따금 물속에서 스쳐 지나갈 뿐이다.

목소리가 들려서 돌아보니 한 남자가 낚시하던 손을 멈추고 육지를 손가락으로 가리키며 뭐라고 말한다. 이사쿠는 그쪽으로 눈을 돌렸다.

이사쿠는 너무 놀라 입이 반쯤 벌어졌다. 몸이 굳어버렸다. 산마루로 이어지는 산길에서 한 남자가 내려오고 있었는데 이제 길 양쪽으로 펼쳐진 나무숲으로 들어간다. 남자의 걸음걸이와 체격으로 보아 아버지가 틀림없었다. 이 시기에 산길을 내려올 사람은 아버지 말고 있을 리가 없었다.

숲속에서 남자의 모습이 보였다. 지팡이도 짚지 않았고 건강한 사람의 걸음걸이로 내려온다. 손에는, 먹을 것이라도 들어 있는지 작은 주머니 하나가 들려 있다.

목구멍에서 슬픔이 차올랐다. 어머니가 없는 집으로 돌아오는 아버지가 안쓰러웠다. 곧 네 자식 중에 하나만 살아남았다는 사실을 알고 아버지가 받을 충격과 슬픔이 이사쿠의 가슴을 후벼팠다.

이사쿠는 아버지가 한탄하는 모습을 보고 싶지 않았다. 이대로 배를 바다 쪽으로 돌려 물결을 타고 먼 곳으로 가버리고 싶었다.

몸에서 힘이 빠지고 머릿속이 새하얘졌다. 정체불명의 비명이 입에서 터져 나왔다.

이사쿠는 해변을 향해 노를 저었다.

파선_뱃님 오시는 날

초판 1쇄 인쇄 2025년 1월 19일
초판 1쇄 발행 2025년 1월 24일

지은이 요시무라 아키라
옮긴이 송영경
펴낸이 신경렬

상무 강용구
기획편집부 이다희 신유미
마케팅 최성은
디자인 굿베러베스트
경영지원 김정숙 김윤하

편집 박기효

펴낸곳 ㈜더난콘텐츠그룹
출판등록 2011년 6월 2일 제2011-000158호
주소 04043 서울시 마포구 양화로 12길 16, 7층(서교동, 더난빌딩)
전화 (02)325-2525 | **팩스** (02)325-9007
이메일 editor1@thenanbiz.com | **홈페이지** www.thenanbiz.com

ISBN 979-11-5879-230-5 03830